LE GRAND SAUT

www.editions-jclattes.fr

Renaud Dély

LE GRAND SAUT

JC Lattès

Couverture : © LaLégende, Thierry Feuillet

ISBN : 978-2-7096-6847-7

Première édition août 2021.

À ma sœur

« Le champion, élément fabuleux
dans le paysage moderne,
est un héros qui ne parvient pas
à devenir un personnage. »

Antoine Blondin,
Le Monde, 12 octobre 1968.

L'envol

C'est une lumière vacillante qui perce l'obscurité. Comme une petite tache bleue. L'écran de télé est posé dans un coin de la pièce. L'image, un peu floue, tressaille. Les couleurs sont trop vives. Le son est au plus bas. À peine un murmure.

Dehors, les criquets se sont tus. Il est 3 heures du matin. La Corse s'est assoupie. La chaleur écrasante de la journée s'est dissipée. La fenêtre entrouverte laisse passer un mince filet d'air. Tout le monde dort. Les murs de la petite maison de pierre résonnent de la respiration incertaine de ma mère, allongée dans la pièce voisine. C'est l'été de mes quinze ans. Je suis seul, silencieux, tapi dans la pièce. Presque blotti au pied du téléviseur. Pas un bruit. Pas un souffle. Je suis aux aguets. Je dévore l'écran des yeux.

À l'autre bout du monde, à Los Angeles, un jeune homme se tient droit. Il bombe le torse, le regard fier, au bout d'une longue piste d'athlétisme. Pierre Quinon s'apprête à s'élancer. Il a vingt-deux ans et en paraît moins. Un visage poupon, des joues rebondies, de petits yeux farceurs et des boucles brunes qui lui donnent de faux airs d'un ange de Raphaël. Lui n'a pas d'ailes mais au bout des bras, il tient une perche. Il la brandit fermement. Fixe au loin un horizon visible de lui seul. Celui de la victoire, du triomphe, de la gloire éternelle.

Son crâne bouillonne. Tout remonte en un instant. Les sprints échevelés, enfant, dans le jardin de la demeure familiale. Le petit muret mitoyen qui séparait la maison de ses parents de celle des voisins. La grosse baguette de bois qui lui servait de perche pour essayer de le franchir. Une irrépressible envie, déjà, de basculer de l'autre côté, comme ça, juste pour aller voir. Dans sa tête résonnent les encouragements de son père, Henri, toujours à ses basques. « Vas-y Pierre, n'aie pas peur. Saute ! » Et la voix de sa mère, Jeanine, toujours prévenante : « Fais attention Pierre, tu vas te faire mal… »

Et puis surgit la piscine municipale, le plongeoir qu'il toisait du haut de ses dix ans. Il se revoit, perché au sommet, inspirant une grande bouffée avant de se lancer dans le vide sous les cris d'effroi de sa mère. « Mon Dieu Pierre… » Et le jugement sans appel de son père, au sortir de l'eau : « J'ai vu qu'en haut, tu avais un peu hésité… Tu dois y aller plus franchement ! »

Le souvenir de la première inscription dans un club d'athlé', l'excitation de la première compét' ! Et toujours dans l'oreille le souffle du père, lui-même ex-champion en herbe trente ans plus tôt. « Le stade, c'est un monde à part Pierre, c'est magique ! Il faut te donner à fond… » L'envie d'aller toujours plus haut, d'être plus fort que les autres, de dominer les copains. Progresser centimètre par centimètre, ouvrir une voie inédite tel un alpiniste lancé à la conquête d'une paroi difficile. Concentré, Pierre savoure l'instant. Le moment est grave. Des années de labeur, des milliers d'heures d'entraînement, la vie familiale tout entière organisée autour de son ascension programmée. De la graine de champion qu'on vous dit, c'est sûr ! Tout lui revient en mémoire. Non, Pierre, tu ne crains plus rien. *Sky is the limit.* Sauter, c'est ta vie, ton oxygène, ta raison d'être.

L'athlète plisse étrangement les yeux, l'esquisse d'un sourire moqueur se fige au coin de sa bouche. Il regarde au loin. En cette nuit californienne, il tutoie son rêve d'enfant. Le but est là, à portée de mains, il lui tend la perche.

En bout de piste, Pierre inspire une dernière fois. Il gonfle ses poumons. Bascule d'avant en arrière, comme juché sur un rocking-chair. Et il démarre. Accroupi devant l'écran, je retiens mon souffle. Sa foulée s'accélère, il prend de la vitesse. Les jambes moulinent. Je ne bouge plus un cil. Tout à coup, il plante sa perche dans le sol. Le geste est vif, brutal. Le jeune homme tire sur les bras. La perche plie, se tord dangereusement. On jurerait qu'elle va rompre. Je ferme les yeux. Elle résiste à la pression, tient bon, et propulse soudain dans le ciel celui qui la maltraitait l'instant d'avant.

Pierre décolle. Sa frêle silhouette prend de l'altitude. Il s'envole. Je tremble un peu. Mon héros tend les jambes. Donne une impulsion dans le vide, prend appui sur un rebord invisible. Il manque de toucher l'obstacle du menton, l'esquive, et se glisse comme un félin juste au-dessus de la barre. Le dossard 300 plane dans le ciel californien. Cinq mètres soixante-quinze plus bas, le petit chat retombe sur ses pattes. Sur l'écran, un drôle de rictus déchire son beau visage d'enfant. Il y a de la joie, un profond soulagement, mais aussi un voile bizarre. Un soupçon d'inquiétude.

Nous sommes le 8 août 1984. Pierre Quinon est champion olympique de saut à la perche. Il entre dans l'histoire du sport, dans l'Histoire tout court. Dans sa tête, c'est l'explosion. Au bord du sautoir, son regard se perd dans le vide. Hagard, il cherche des yeux son entraîneur dans les tribunes. Plus qu'un entraîneur, Jean-Claude Perrin est un meneur d'hommes. Un gourou. Il lui a inculqué cette force d'âme qui lui faisait défaut. Donné l'assurance qui lui manquait. Pierre ne le voit pas. Ses yeux tournent. S'affolent. Il est perdu. Au fond de lui, il comprend que tout a changé. Il sait bien que ce n'est pas possible. Ce n'est pas lui l'homme le plus haut du monde. Il n'est pas à sa place. D'autres, bien d'autres que lui mériteraient bien plus que lui pareil honneur.

Champion olympique, il n'y a pas plus belle récompense, pas d'exploit plus retentissant. *Citius, Altius, Fortius*. Champion olympique ! Le titre ressuscite les mythes de l'Antiquité. Athènes, Philippidès, le porteur de bonnes nouvelles qui s'écroule en arrivant de Marathon, les courses de chars qui s'achèvent dans le sang. À l'époque, l'exploit est une question de vie ou de mort. La perche servait à franchir des obstacles naturels, traverser des ruisseaux, bondir par-delà les crevasses. Rien n'a vraiment changé. Les sauts du petit Pierre l'envoyaient voler par-dessus les murets, ceux du grand Pierre viennent de chambouler le cours de sa vie. Plus rien ne sera comme avant.

Lors des premiers Jeux de l'époque moderne, de retour dans la capitale grecque en 1896, c'est un Américain, William Hoyt, qui fut le premier couronné d'or. Il avait péniblement franchi la hauteur de… trois mètres trente. Pierre connaît par cœur les palmarès, les champions du passé, toute l'histoire de sa discipline. Et voilà que les Américains, il les supplante chez eux, en leur fief. Ils étaient les grandissimes favoris, soutenus par tout un peuple enivré des paroles du *Star-Spangled Banner*. Quatre-vingt-dix mille poitrines patriotes portaient Mike Tully et Earl Bell, les deux champions locaux, vers la victoire promise. Leurs courses étaient scandées de salves ininterrompues de « *U-S-A ! U-S-A !* » dévalant des travées du Coliseum de L.A. Un ancien acteur hollywoodien avait enterré le cauchemar vietnamien et ressuscité le patriotisme américain. « *U-S-A ! U-S-A ! U-S-A !* » Avec un clone de John Wayne à la Maison-Blanche, les États-Unis étaient invincibles. « *U-S-A ! U-S-A ! U-S-A !* » Ballotté par cet ouragan étoilé, le petit Pierre apparaît si frêle. Il n'est pas même prophète en son pays. Un autre athlète français, plus expérimenté, plus endurci, le chef doté d'une coiffure à la Jeanne d'Arc, semblait mieux placé pour damer le pion aux Américains. Thierry Vigneron, c'est son nom, a les faveurs de la presse. Mais personne ou presque n'attendait Pierre Quinon à ce niveau. Il est si jeune. Inconnu du grand public. Il se remet tout juste d'une blessure. Tout au long du concours, il arbore un emplâtre sur la cuisse gauche. Un aveu de faiblesse que ses adversaires contemplent comme une garantie d'échec. À mesure que les hauteurs à franchir s'élèvent, la douleur se réveille, elle le tracasse, l'inquiète, bientôt l'obsède. Il ferait presque pitié. Aucune chance, donc, et pourtant.

L'altitude, il a su la quérir ; la victoire, il a su la chérir. *Citius, Altius, Fortius !* Sonné, égaré, déjà ailleurs, Pierre est champion olympique. Pour l'éternité.

À neuf mille kilomètres de là, un autre gamin un peu paumé atteint lui aussi l'Olympe. Devant ma télé, je me dresse d'un bond et tends les bras en V dans l'obscurité. J'ai les larmes aux yeux. Envie de hurler de bonheur. Mais je ne fais pas un bruit. Surtout, ne pas réveiller ma mère. Je dresse l'oreille. J'entends son souffle lourd de l'autre côté de la paroi. Le signe d'un sommeil plombé. L'été est pesant. La dépression rôde. Le huis clos familial est irrespirable. Ma mère est si fragile. Chaque soir, à l'heure de rentrer, la peur me tord le ventre. Elle me prend en fin d'après-midi, au moment de quitter la plage. Mes copains font encore les malins pour épater les filles. J'admire leur assurance. Un dernier plongeon, une ultime roucoulade, une salve d'œillades. Ça se pâme, ça drague, ça flirte.

Moi, je ne pense qu'à elle. Dans quel état vais-je la retrouver ? Je ne sais pas, ou plutôt, je ne le sais que trop. Le sentier tortueux qui me ramène au village est un chemin de croix. Je le parcours, tendu, perdu dans mes pensées. Encore un peu d'espoir. Et si finalement, tout allait mieux. Pour une fois… Sait-on jamais ?

Le faux suspense s'évanouit dès que je pousse la porte. Le regard éteint, la voix pâteuse, la démarche incertaine. Tout est normal, hélas. Sans surprise. Tristesse *as usual*. Je le savais, je m'y attendais. Ma mère s'enfonce. Le malheur l'écrase. À qui la faute ? Mon père sans doute, envoûtant et volage, lointain et submergé, généreux mais idolâtré par toute une cour qui a depuis longtemps saccagé la quiétude familiale. La mienne peut-être ? Je ne peux m'empêcher de le penser. Timide, introverti, je me sens égoïste, et donc coupable. Le repli sur soi comme une protection, mais aussi un abandon de ma mère.

Pourquoi a-t-elle perdu ses certitudes ? Comment a-t-elle pu sombrer dans ce spleen qui l'entraîne vers le fond ? Je n'ai pas vu la chute, j'étais trop jeune, je n'en ai pas de souvenir, ou ne veux pas en avoir. Je ne la connais qu'à terre. Elle n'est jamais méchante avec moi. Jamais agressive, mais jamais là non plus. Ailleurs, perdue. Elle m'aime, sans doute. J'en suis presque certain, je l'espère. Mais elle n'a pas la force de me le dire, encore moins de me le montrer. Parce qu'elle ne s'aime plus. Sa douleur m'entraîne avec elle. Je le sais, je le pressens, ça va mal finir. La catastrophe est au bout. Elle n'est peut-être pas tout à fait inéluctable. Mais comment l'éviter ? Je ne sais pas. Lâcheté ? Honte ? Je me sens inutile. Spectateur passif d'un désastre annoncé. Je n'ai que quinze ans. Il y a longtemps que j'ai perdu cet élixir de jouvence qu'on appelle l'insouciance.

Cet été-là, comme souvent, je me réfugie dans un monde imaginaire, celui de l'exploit sportif. Cet univers-là me transporte. J'évacue mon mal-être en me rêvant ailleurs, en haut, tout en haut. Champion, et même mieux que ça : champion olympique ! S'envoler. Atteindre le Graal. Comme Pierre.

Je connais les palmarès par cœur et je sais que, toutes disciplines confondues, Pierre n'est que le huitième français à décrocher ce titre en quatre-vingt-huit ans et vingt-trois Olympiades… Le premier à la perche. Ce champion, je l'admire. Son regard m'illumine. Son triomphe m'apaise. C'est une bouffée d'oxygène. Me voilà moi aussi champion. Sur l'écran de télé, un petit bonhomme au maillot échancré et au short moulant bondit sur le tapis, le visage déformé par le bonheur. C'est moi ! Je suis médaille d'or ! Merci Pierre !

Champion, cet été-là, je le suis tous les jours. Mon stade, mon univers magique à moi, c'est un coin du terrain de foot en terre battue, planté au cœur d'un petit village perdu du sud de la Corse. Sous le cagnard ou dans le mistral, je tape dans un ballon pendant des heures. Dans la poussière et la caillasse, je cours à perdre haleine. J'y mets toutes mes forces, tout mon souffle. Comme Pierre, je me jette dans le vide, mais de moins haut. Je repousse mes limites, mais moins loin. Mes jambes sont maigres, mes muscles inexistants, ma frappe de balle molle. Qu'importe, je suis Platoche, je suis Diego, je suis Pierre, je suis un champion ! À la fin du jour, je titube, perclus de crampes dans le soleil couchant. Je n'arrête de jouer qu'une fois la nuit tombée, quand le dernier de mes copains a été appelé par sa mère : « À table ! C'est servi ! » Moi, personne ne m'appelle. Alors j'ai le temps de jouer. Jouer pour oublier de rentrer.

Arrive le moment où, dégoulinant de sueur, les genoux écorchés et les cheveux en bataille, je me résous à regagner la maison. Je traîne des pieds. Je sais que le malheur m'attend.

Notre naufrage familial, au village, tout le monde en connaît les ressorts. On nous observe, de loin. On murmure dans notre dos, je vois bien qu'on baisse la voix sur notre passage, lorsque j'accompagne ma mère pour les courses. Les Parisiens, on les regarde en coin. Sans franche animosité, mais sans sympathie non plus. Le silence est une religion locale que tout le monde pratique.

D'ailleurs, quelques années plus tard, un autre été, une autre nuit d'août, un enfant, du cru celui-là, en fera les frais. Figure du nationalisme, François Santoni, surnommé l'Iguane, s'est fait descendre à quelques mètres du lieu de mes premiers dribbles. Criblé de balles, treize dont deux dans la tête, au moment où il remontait dans sa BMW après une fête de mariage. Trois cents invités, pas un témoin. Une trentaine d'impacts sur le pare-brise et la carrosserie de la voiture, mais aussi dans un arbre, sur un comptoir de bar, à la porte d'une école située en contrebas. Le tueur était planqué juste au coin du terrain du foot, derrière un muret, au fond du bosquet où j'allais récupérer mon ballon quand je ratais un tir. Lui a réussi le sien.

Et personne n'a rien vu. François Santoni a bien dégainé son Beretta pour répliquer. Il n'a pas eu le temps de s'en servir. La fusillade fut si soudaine que personne n'a eu le temps de se boucher les oreilles. Heureusement, il était encore possible de fermer les yeux. Au village, quand le malheur s'abat, on regarde ailleurs. Sage précaution. Indépassable tradition locale. L'Iguane a eu le tort de l'enfreindre. Bien sûr, ce n'était pas un saint. À sa sortie de prison, il avait pris ses distances avec ses anciens compagnons d'armes. Il roulait ses gros yeux ronds pour dénoncer leurs méthodes. Chacune de ses déclarations alimentait leur haine et menaçait d'enflammer la mèche de la vendetta.

L'Iguane disait vrai, tout le monde le savait, et tout le monde se taisait. Lui a parlé. Il en est mort. Pas un secours, pas une voix, pas un témoin. Un linceul de silence est aussitôt retombé sur le village.

Comme il s'est abattu sur Pierre, au lendemain de son triomphe californien. À quoi bon s'entraîner toujours plus dur, suer sang et eau, sauter plus haut que les autres lorsque tous les jours, des centaines d'enfants meurent en Afrique ? Au lendemain de son titre olympique, Pierre a posé la question à un ami. Il n'a pas reçu de réponse. C'est vrai quoi, à quoi sert de bomber le torse, de battre des records, d'humilier des adversaires, quand toujours, la mort rôde et le tragique menace… Et d'ailleurs, est-on certain que c'est le plus méritant qui finit par triompher ? Est-ce vraiment le meilleur qui gagne ? Est-il le lauréat d'un concours de saut à la perche ou d'un concours de circonstances ? Pierre, ce héros au sourire si doux, débarqué de nulle part, friable et incertain, doute de tout, et d'abord de lui-même.

Il n'est ni le meilleur, ni le plus légitime, ni le plus adulé. Ce jour d'août 1984, à Los Angeles, le vrai champion était absent. Un jeune Ukrainien de vingt et un ans, dont le maillot CCCP s'envolait déjà plus haut que les autres. Seulement voilà, la géopolitique a ses raisons que les compétitions sportives sont obligées de subir. La guerre froide perdure, l'heure n'est pas au radoucissement et Gorbatchev encore loin des portes du Kremlin. L'Union soviétique boycotte les Jeux olympiques organisés par l'ennemi américain et Sergueï Bubka, le tsar dont le règne sur la perche mondiale débute tout juste et va durer près de deux décennies, est reclus à Donetsk.

Pierre en profite. Est-il un imposteur ? Il chasse cette idée au moment de s'élancer en bout de piste. Elle reviendra hanter ses nuits bien assez tôt. Ce 8 août, il pense encore que les absents ont toujours tort. Dès le lendemain, il commencera à se demander si ce n'est pas lui qui a eu tort de venir.

Pour l'heure, en haut, tout en haut, comme suspendu dans le ciel de Los Angeles, son maillot bleu plane.

C'est là-haut, en un instant, que sa vie bascule.

Là-haut, tout là-haut, il fait beau. Un sommet, une consécration pour laquelle il a tant sacrifié depuis de longues années. Ce jour-là, rien ne peut l'arrêter. Il le sait, il le sent. Pierre s'amuse et le jeu est plus fort que tout, plus fort que l'adversité, la pression, la solennité du moment. Mais le jeu est éphémère, l'amusement volage. La joie a tôt fait de s'évanouir.

Alors tout ça pour quoi ? Cinq à dix secondes d'un bonheur fou, immense, inexploré, au moment où on lui passe la médaille d'or olympique autour du cou.

Au fond de toi, Pierre, tu aurais tellement voulu que ce moment ne s'arrête jamais. Tu aurais tellement voulu ne jamais redescendre.

Los Angeles, la ville des Anges, quel plus bel endroit pour entrevoir le nirvana, et pour couronner d'or un angelot aux boucles brunes ?

Et après ?

« Après, diras-tu plus tard, c'est la fin du voyage. Après le grand saut, tu retombes. Et ça peut faire très mal[1]. »

---

1. *L'Express*, 22 avril 1988.

L'insouciance

Le pont des Moines fait la fierté des habitants de Salaise-sur-Sanne. Cette modeste bourgade de l'Isère ne paye pas de mine. On y arrive par hasard, on s'y égare plus qu'on ne s'y rend volontairement. Le touriste s'arrête pour y faire le plein d'essence, lorsqu'il s'éloigne un peu de la nationale 7. Un petit détour, une brève halte sur la route des vacances. C'est presque malgré elle que la famille Quinon s'y est installée. Un beau jour, Henri et Jeanine ont décidé de quitter Lyon. Marre de la foule, de la pollution, et du rythme de la grande ville. Place à l'espace et au grand air. Ils ont fait l'acquisition d'un petit pavillon. Le bien fait la fierté du couple. Tous deux rêvaient d'un jardin, Jeanine pour y planter de beaux rosiers, Henri pour y faire pousser le petit Pierre, à grands coups de déboulés et de cavalcades. À un jet de cailloux du Rhône, cette petite commune a tous les atouts pour assurer le bonheur paisible de la tribu. Un lieu bien ordinaire qui regorge pourtant d'un patrimoine impressionnant, une vraie collection de petits trésors. Le pont en est le point d'orgue, un ouvrage spectaculaire, improbable en un lieu aussi retiré, né de la générosité d'un seigneur médiéval et du labeur d'une poignée de clercs.

Les habitants du cru se transmettent la légende des origines, de génération en génération. À peine installé, Henri est tombé amoureux de l'endroit. Toujours curieux et avide d'apprendre, il s'est plongé dans les écrits de quelques érudits locaux pour mieux savoir où il avait mis les pieds, et posé les bagages de la famille. Et voilà que le soir, alors que Jeanine sert le repas, il se fait conteur : « Tu vois Pierre, à l'origine, ce sont des moines bénédictins qui ont créé Salaise… »

Quand Henri prend la parole, Pierrot l'écoute religieusement. Il l'admire autant qu'il le craint.

Son père, c'est son dieu, mais un dieu souvent sévère. « Et c'était quand ?

— Il y a très, très longtemps, au IXe siècle, à l'époque de Charlemagne… »

Ah, Charlemagne, évidemment, ça lui dit quelque chose. Pierre en a déjà entendu parler. C'est celui qui a inventé l'école. Comment l'ignorer ? Pierrot ne lui en tient pas rigueur pour autant. Il aime bien l'école, enfin surtout pour les récrés et les copains. Et puis, avec sa longue barbe fleurie, Charlemagne a l'air gentil. Il ressemble même un peu au Père Noël.

Henri reprend son récit :

« En fait, c'est grâce à un comte très riche, qui vivait dans un château à deux cents kilomètres d'ici. Il possédait aussi des terres à Salaise. À l'époque, il n'y avait rien. Juste des arbres et des marécages. Et il a décidé de les offrir aux moines. Il s'appelait Otton.

— Et pourquoi il a fait ce cadeau aux moines ?

— On ne sait pas trop mais c'était sûrement pour s'en débarrasser, pour les éloigner, pour être tranquille. Parce que le comte n'arrêtait pas de se battre avec les autres seigneurs. Il y avait sans arrêt des batailles, des tueries. Plein de morts…

— Ouah…

— Finis ta soupe mon chéri, elle va refroidir. »

Jeanine s'immisce un instant dans l'intimité du couple père-fils. En bout de table, elle a observé leurs échanges. Au fil du temps, elle a vu se tisser peu à peu cette relation privilégiée. Elle trouve souvent Henri un peu exigeant, un peu rude, mais cette complicité de chaque instant qui unit les deux hommes de sa vie la rassure. Un peu comme l'air pur de cet écrin de verdure lové dans un méandre du Rhône avait vite apaisé les tourments des moines qui y avaient posé leur baluchon onze siècles plus tôt.

Havre de tranquillité, Salaise est aussi un lieu de pèlerinage qui a vu pousser un imposant prieuré puis, quelques siècles plus tard, l'église Saint-Juste plantée au milieu du bourg. L'édifice est pourvu d'une longue nef voûtée en berceau, flanquée d'un transept saillant et d'un déambulatoire. L'ensemble exhale la douce quiétude de l'art roman. Solide et harmonieux. Comme la famille de Pierre.

Et puis, il y a le pont des Moines, incontournable, auquel des pèlerins ont jugé bon d'accoler, en bordure de chemin, une fontaine aux vertus miraculeuses. La légende locale prête à l'eau qui en jaillit le don de guérir les fièvres malignes des marais et les morsures de serpent.

Pierrot n'a pas peur des serpents. Un jour, en rentrant de l'école, il a bien croisé la route d'une couleuvre… Il l'a chassée d'un grand coup de bâton ! Sans frémir. La bestiole s'est enfuie en se faufilant dans les fourrés et Pierrot ne s'est pas détourné de sa route. Droit devant. Bravache, il a bombé le torse et accéléré un peu plus encore. Le goûter de Jeanine n'attend pas. Quand il pousse la porte du petit pavillon familial planté sur les hauteurs du village, le chocolat chaud fume déjà. Le petit Pierre engloutit en un rien de temps les tartines de confiture posées sur la table de la cuisine.

Parfois, il lui arrive pourtant de ne pas rentrer directement à la maison. La tête dans les nuages, Pierrot s'égare. Il se laisse guider, le nez au vent, au gré des exploits imaginaires qui lui traversent l'esprit. Il court à perdre haleine pour dépasser un copain, pique des sprints échevelés pour rattraper un papillon, saute par-dessus les flaques, s'élance au-delà des fossés. Sans même qu'il ne s'en rende compte, ses rêveries le ramènent bien souvent au pied du pont des Moines. La grosse pierre blanchie, les trois arches larges et trapues, les galets apparents qui perpétuent son cachet d'antan, tout le fascine dans cet édifice qui enjambe la rivière. Pour Pierre, cette passerelle qui relie les deux rives de la Sanne est comme un trait d'union entre deux époques, un lointain passé mystique dont on lui rebat les oreilles à l'école, et sa foi dans un avenir prometteur, le sien. Car le petit garçon n'a jamais peur. Il sait ce qu'il veut. S'élever. Voler. Jusqu'à toucher le ciel. Pierre aime les oiseaux. Il peut les observer pendant des heures. Plutôt que le chant du rouge-gorge ou le plumage de la mésange, c'est l'envol de l'hirondelle qui le fascine. Il le trouve gracieux, presque magique. Comment un si petit être parvient-il à planer si longtemps sans le moindre effort apparent ? Comment un oiseau aussi frêle réussit-il à résister au vent, et même en jouer pour se laisser porter toujours plus loin ? Pierre est émerveillé.

« Regarde devant toi, tu vas te cogner dans un arbre… »

Quand ils partent en balade, Jeanine le met gentiment en garde. Pierrot a toujours les yeux au ciel, en quête des nuages d'oiseaux migrateurs qui remontent au printemps de la Camargue et empruntent la vallée du Rhône pour aller nicher au Nord.

Au plus fort de l'hiver, quand le givre et parfois la neige recouvrent le jardin familial, il glisse des petites boules de graisse dans les mangeoires qu'il a bricolées entre les branches pour nourrir les passereaux affamés.

Un jour, juste à la sortie de chez lui, il aperçoit son copain Antoine, accroupi à l'orée d'un fourré. Pierrot s'approche doucement.

Antoine se retourne et lui sourit en posant le doigt sur sa bouche : « Chut, regarde... »

Et de brandir fièrement un lance-pierre. Il y coince un peu de gravier de l'allée du pavillon et s'apprête à viser un moineau posé sur une branche un peu plus loin. Horreur... Le petit Pierre a beau lui rendre une dizaine de centimètres, il se jette sans réfléchir sur Antoine et commence à le rouer de coups.

La colère décuple ses forces.

« Non mais t'es fou ! T'es dingue ! » hurle le gamin en essayant de se protéger. Rien à faire, Pierre frappe encore et toujours plus fort. Des coups de poing, des coups de pied. Ivre de rage, il n'entend plus rien. Pas même le cri de Jeanine sortie en trombe de la maison pour séparer les deux garçons.

Le soir, à table, Henri le sermonne fermement : « Enfin Pierre, non mais ça ne va pas de te bagarrer comme ça ! Toi qui es un garçon si doux, si calme… »

Entre deux larmes, Pierrot laisse échapper un hoquet indigné : « Mais enfin Papa, Antoine a voulu tuer un oiseau… Tu te rends compte ! »

Jeanine ne dit rien.

Henri, dans un soupir : « Toi, de toute façon, tu lui passes toujours tout… »

Seul dans son lit, Pierre s'effondre. Vouloir tuer un oiseau ! Est-ce ainsi que les hommes vivent ? Il prend soudain conscience qu'il compte un assassin de piafs parmi ses copains, un tueur figure dans son tout premier cercle ! Comment croire encore en un avenir meilleur ? Le voilà déniaisé. La cruauté du monde lui dessille les yeux. Le gamin pleure une bonne partie de la nuit, accablé par des questions sans réponse. Le lendemain, il reste prostré dans sa chambre. C'est samedi, il n'y a pas école.

Deux jours plus tard, ragaillardi, Pierrot se dépêche de retourner errer au pied du pont. Un obstacle aux allures de défi. Comme un signe du destin. L'amorce de l'ascension. Le franchir, c'est une première étape sur le chemin de la gloire. Au fond de lui, Pierrot en est sûr, ce pont sera le terrain de ses premiers envols. Son tout premier stade.

D'ailleurs, le jeune garçon a tôt fait de calculer. En temps normal, le mince filet d'eau qui serpente au pied des piliers est profond d'une quarantaine de centimètres, à peine. La hauteur du pont atteint tout juste deux mètres cinquante. Au total, en comptant large, il y en a tout au plus pour trois mètres. Rien d'insurmontable. Avec une bonne perche, c'est largement faisable, foi de Pierrot !

Pour s'en assurer, quoi de mieux que de grimper dessus ? Et voilà le petit Pierre juché en équilibre sur le parapet. Pour se donner du courage, il en appelle aux mânes du chevalier Bayard, le chevalier « sans peur et sans reproche » dont il connaît les aventures par cœur. Son héros chargeait, à cheval et lance à la main. Pierrot écarte les bras et fait des allers et retours d'un bout à l'autre du pont. Il s'enhardit, accélère, se laisse emporter par ses rêveries. Pierrot avance sans regarder ses pieds, les yeux au ciel. « Tiens, une hirondelle juste là, droit devant, et si je la suivais… » Et maintenant à cloche-pied ! Plus vite, plus vite. Oh là, attention, ça tangue un peu… Pour retrouver son équilibre, Pierrot jette un regard en dessous. Trois mètres de vide. Même pas peur. Un étrange sourire éclaire son visage. Il voit surgir Antoine, la joue encore couverte d'ecchymoses. Pas rancunier, son copain est blême : « Pierrot, qu'est-ce que tu fous sur ce parapet ? Fais gaffe, tu vas te casser la gueule !

— Mais non, voyons, ne t'inquiète pas, regarde, je vole… »

Soir après soir, le gamin tourne et retourne au pied de l'ouvrage. Il le longe de part en part, revient sur ses pas, jauge l'obstacle, le défie du regard. Il ramasse du bois mort et découpe des branches de plus en plus longues. Ni trop fermes, ni trop souples. Juste ce qu'il faut pour supporter sans rompre son poids plume. Pierrot s'applique à les tailler avec soin, puis il s'entraîne à les planter dans le sol d'un geste brusque en tirant sur les bras pour s'élever vers le ciel. Cinquante, soixante, quatre-vingts centimètres, bientôt un mètre. Pierrot progresse chaque semaine. Mais il est encore loin du compte. Pour s'améliorer, il trace comme une piste d'élan le long de la rive. Le gamin s'élance, galope comme un chien fou pour acquérir de la vitesse au moment de prendre son envol, plante avec toujours plus de fougue son long bâton dans le sol boueux…

Et il finit immanquablement par s'échouer contre un pan du pont. Un genou écorché, un bas de pantalon déchiré, des égratignures qui lui décorent les avant-bras, il rentre le soir, tête basse mais espoir intact, en exhibant les stigmates de l'exploit raté, de peu bien entendu. « Pierrot, où as-tu encore été traîner ? Tu ne t'es pas fait mal au moins ? Montre-moi ça… » Ses yeux rieurs décrochent sans peine l'indulgence du jury familial. « Maman, tu vas pas me gronder quand même ? » Il arrache un sourire à Jeanine qui entraîne son héros déçu vers la salle de bains et badigeonne ses plaies de Mercurochrome.

Henri, lui, observe Pierre en silence. D'un regard, d'un geste, il le pousse à aller toujours un peu plus loin. Il est convaincu de tenir de la graine de champion. Bon sang ne saurait mentir ! Lui-même n'a-t-il pas été champion de France junior sur 400 mètres ? À l'époque, Henri courait sous le maillot rayé du FC Lyon. Une foulée ample, déliée, qui épatait ses camarades, un rythme soutenu sans paraître essoufflé. À mi-chemin du sprint et de la course de fond, le 400 mètres, c'est la distance reine, celle qui permet de tester les réelles qualités d'un athlète condamné à toujours accélérer, sans jamais fléchir, un alliage de vitesse et de résistance. Henri semblait taillé pour l'épreuve. Mois après mois, il ne cessait d'améliorer ses performances, de battre son record personnel, de remporter des courses à travers toute la région. Dans son entourage, beaucoup lui prédisaient un bel avenir, une grande carrière, et pourquoi pas, qui sait, la gloire. Henri croyait en lui, il se serait bien vu continuer. Mais il a peu à peu été rattrapé par les étapes rituelles qui font les existences ordinaires. D'abord les parents, et surtout son père, qui rêvait pour lui d'un autre avenir. « Les études Henri, les études d'abord, ne l'oublie pas. » À ses yeux, l'athlétisme ne pouvait être qu'un loisir, une sorte d'entraînement pour affronter les épreuves de la vraie vie, professionnelle et familiale. Et puis il y eut les rencontres, et d'abord celle de Jeanine, cette jeune femme douce et généreuse. La motivation a fléchi. Et Henri a fini par lâcher les pointes. Regrets éternels. Et même un soupçon d'aigreur. Henri aurait tellement aimé aller plus loin.

Les enfants sont arrivés. Et le petit Pierrot, ce bébé joufflu au regard rieur, s'est vite retrouvé investi d'une mission d'importance : accomplir les ambitions inassouvies de son géniteur. Puisque le père avait dû lâcher les pistes en tartan pour une carrière dans la chimie, le fils prendrait sa suite. La vie de famille comme une course de relais. Dessinateur industriel, voilà Henri agent de maîtrise chez Rhône-Poulenc. Son quotidien est rythmé de courbes, de chiffres, de statistiques et de schémas. Mais la passion du sport ne l'a jamais quitté. Les champions continuent de faire son admiration. Il vibre devant leurs exploits, se plante devant la télé pendant des heures pour avaler les retransmissions des épreuves des Jeux olympiques, dévore la presse sportive. Rien à faire, c'est plus fort que lui. Impossible de décrocher.

Alors dès que son fils a commencé à galoper dans le jardin, le regard d'Henri s'est mis à briller. Et si la relève était là… Jeanine a frémi. Elle a deviné ses pensées. Et son mari s'est fait entraîneur amateur, coach du dimanche, couvreur de l'œuf prêt à éclore. Car Pierrot aime le sport, ça crève les yeux. Henri n'a aucun doute. Mieux que ça, le fiston aime gagner, ou plutôt s'améliorer, se dépasser. Il s'en va accomplir le destin promis jadis à son aïeul, prendre en main ses rêves passés et les conjuguer au futur. Alors, le fils grandit en binôme avec son père. Il tâte de tous les sports, ou presque. Comme tous les gamins de son âge, il s'essaye au foot. Puis s'initie au hand. Il s'inflige même de rudes séances de natation. Le petit Pierre ne tient pas en place. Remuant, il a un irrépressible besoin de se dépenser. Il adore la compét', comme il dit. La compét' contre les autres, et plus encore contre lui-même. Mais attention, pas n'importe où, sur un stade plutôt qu'à l'école. En classe, Pierrot n'est pas un élève difficile, il s'applique, mais il a du mal. Consciencieux, mais laborieux. Trop remuant, pas assez concentré, le regard toujours un peu perdu du côté de la fenêtre, à observer les moineaux qui virevoltent ou les autres gamins qui s'égaillent dans la cour.

L'école l'insécurise. « Peut mieux faire. » Combien de fois a-t-il pu lire cette mention passe-partout sur ses bulletins trimestriels ? Un leitmotiv qui l'exaspère. Il aimerait bien « mieux faire », il pense bien qu'il pourrait « mieux faire », mais enfermé en classe, il n'y arrive pas. En cage, Pierrot s'étiole, se dessèche. Sa confiance s'effrite. À l'extérieur en revanche, il s'épanouit. Il court plus vite que les autres, saute plus loin, s'élève plus haut. Il se surpasse. Et agace ses copains à force de les devancer dans toutes les disciplines. À la piscine, surtout quand il s'agit de s'élancer du haut du plongeoir, toujours le premier, en haut comme en bas ; pour grimper à la corde et accéder au sommet avant les autres. Et puis en athlétisme bien sûr, où sa pointe de vitesse fait des ravages et largue le reste de la classe sans effort.

« La vache Pierrot… Pfff, pfff, tu vas trop vite, t'es trop fort… », a lâché un jour, admiratif, son copain Antoine, au bord de l'asphyxie, en arrivant bon dernier d'un 400 mètres…

Pierrot a bombé son petit torse.

« Ah ouais, tu trouves ? »

Et puis un peu plus tard, une fois reposé, Antoine a fini par se dire qu'il y avait comme un truc qui clochait. En fait, ça le travaillait depuis un petit moment. Alors il lui a posé la question, une drôle de question :

« Tu vois Pierrot, en classe, t'as l'air de t'ennuyer, et dès qu'on est en sport, tu t'éclates... C'est bizarre. Au fond, on dirait que t'es deux. Un dedans et un dehors ?

— Ah ouais, tu trouves ? »

Antoine n'a pas compris. Il s'est demandé : « Mais qu'est-ce qu'il peut bien penser ? »

Au fond de lui, le petit Pierre pense toujours la même chose. Il poursuit toujours le même but : gagner, montrer qu'il est le plus fort, et surtout le montrer à ses parents... Deux desseins qui se nourrissent l'un l'autre. Voir s'allumer une lueur d'admiration dans le regard de son père, faire frémir d'inquiétude sa mère, c'est ça qui lui donne la force de « mieux faire », d'avancer. Rien ne le comble davantage. Pierrot grandit dans le reflet de ses parents. Blotti dans le nid familial, couvé par sa mère, encouragé et parfois défié par son père, le petit bonhomme chétif se remplume mois après mois. L'amour de ses parents lui donne confiance en lui.

Henri le pousse, Jeanine le freine, les deux l'adorent.

Mais une seule des deux ne rechigne jamais à exprimer sentiments et attentions. Jeanine est aux petits soins, « Fais attention, tu vas te faire mal mon chou… » – et redouble de précautions – « Tu vas finir par te blesser mon chéri… ». Henri est plus brusque, il impulse, pousse, incite – « Vas-y, plus vite, plus vite, fais l'effort ! » – mais peine à avouer sa fierté.

Chez les Quinon, on s'aime. Mais on ne sait pas toujours se le dire. Lorsqu'il encourage son fils, le débit d'Henri s'emballe. Sous le coup de l'émotion, il se libère en un instant de son accent traînant de « gone » grandi à l'ombre de la colline lyonnaise de la Croix-Rousse. Dans le jardin, il a même installé une rangée de haies. Le gamin s'acharne à essayer de les franchir. Elles tombent une à une comme des quilles. « Plus haut la jambe, Pierrot, plus haut ! » L'obstacle semble toujours plus inatteignable, mais Pierrot ne désarme pas. Il ne lâche rien. Il finira bien par y arriver. Un jour. À dix ans, le voilà inscrit au Rhodia Club du Péage-de-Roussillon. Son père l'accompagne jusqu'au stade d'entraînement. Très vite, la hauteur l'attire. Façon de grandir et de grandir encore, jusqu'à ne plus toucher terre. Alors, Pierre saute et saute toujours. En catégorie benjamins, il franchit déjà un mètre cinquante-quatre ! Une performance qui épate les locaux et l'adoube en champion régional. Mais pas de quoi le rassasier. Pierre veut aller toujours plus haut, ses petites jambes ne lui suffiront bientôt plus, il lui faut une perche. Alors, de retour dans son jardin, il n'a plus qu'un dessein à l'esprit, une envie à assouvir : voler.

Dans le mien de jardin, j'ai bricolé des poteaux de rugby. Deux longues tiges de bois plantées dans le gazon, écartées de deux mètres l'une de l'autre, une baguette en contreplaqué posée en travers, un mètre cinquante au-dessus du sol, pour relier les deux, et le tour est joué !

Je cale avec soin mon ballon ovale sur une motte de terre. Le regard fixe, tendu vers l'objectif. Trois grands pas en arrière, un plus petit en me décalant sur le côté gauche. Je sais bien que c'est ce qu'il faut faire. Je l'ai vu à la télé. Le buteur du XV de France faisait exactement la même chose. Au moment de s'élancer, il gonflait sa poitrine à fond. Alors moi aussi, je respire à pleins poumons. Et je me dresse sur la pointe des pieds. Du haut de mon mètre soixante, me voilà rugbyman. Je suis le Serge Blanco de la banlieue

Ouest. Un quartier paisible, résidentiel, cossu. Il n'y a guère qu'un ballon ovale pour susciter un peu d'imprévu en allant se percher sur les balcons voisins.

J'habite le fief d'une bourgeoisie accomplie, qui s'est retirée du monde pour jouir tranquillement des plaisirs de la réussite. À l'écart. Un entre-soi que rien ne saurait perturber, tout est beau, propre, et sage. Un ghetto de riches qui suinte l'ennui. Le spleen doré aux portes de Paris. Rien ne vibre, sauf un petit garçon qui rêve d'exploits, de médailles et de trophées.

À deux pas du rutilant 16e arrondissement de la capitale, l'appartement est situé en rez-de-jardin. Un vrai luxe. Au bout de la rue, il y a Roland-Garros, des hectares de courts en terre battue et une élégante faune BCBG, robes légères, polos clairs et pulls Lacoste sur les épaules, qui vient se pâmer deux semaines par an devant les performances des marathoniens de la petite balle jaune. De l'autre côté de l'avenue se dresse le Parc des Princes, majestueux, impérial, mystérieux. Une silhouette de béton, massive et impressionnante, comme une soucoupe volante posée sur le périphérique. Quand nous passons dessous en voiture avec mes parents, je me tords le cou pour essayer d'apercevoir les contours de l'édifice à travers la vitre… Un vrai lieu de culte, le temple de mes héros en short où je m'en vais me prosterner chaque samedi soir.

Le carnet d'adresses de mon père déborde de relations que je perçois comme des bienfaiteurs. Nous croulons sous les invitations pour les matches prestigieux. Quelle chance j'ai ! Je grandis au milieu de mes champions.

Quand, à l'école, je raconte mes week-ends au stade, je vois poindre un soupçon de jalousie dans les yeux de mes copains. « Ouah l'autre… Comment il se la pète ! » Pour être honnête, ce n'est pas pour me déplaire. Au collège, timide, presque introverti, je n'ai pas le contact aisé. Je suis toujours sur mes gardes, tenaillé par la crainte de ne pas être à la hauteur. Les filles me pétrifient. Et puis il y a cette fichue boule au ventre qui ne me quitte pas, la crainte qu'un copain invité à la maison ne découvre la triste réalité derrière le luxueux décor Potemkine, l'ombre titubante de ma mère, cette dépression qui plombe l'ambiance familiale, attise les disputes conjugales, et fait planer un voile de malheur sur la maison.

Alors, pour embellir le réel, et même pour l'oublier un instant, il faut bien avouer que j'en rajoute un peu. Au rayon exploits sportifs, j'ai tout vu, tout su, tout fait. Un jour en rentrant du collège, j'ai même croisé Yannick Noah dans une allée de la résidence. Il paraît que sa sœur habite un immeuble voisin. On dit qu'il revenait de l'entraînement. Noah, en vrai ? « Ouah l'autre… » « Tu me crois pas ? » Hé ouais, Yannick ! Un demi-dieu… Pourquoi « demi », d'ailleurs, un dieu tout court. Enfin, je crois bien que c'était lui. Il est grand, il est beau, arbore les bien nommées dents du bonheur. J'ai vraiment cru le reconnaître. À moins que je me sois trompé. J'ai peut-être inventé l'anecdote. Possible. J'y ai tellement songé, je ne sais plus trop. Quand on vit par procuration, la frontière entre rêve et réalité devient incertaine. Si ça se trouve, j'ai fantasmé la rencontre avec mon idole, histoire de frimer un peu plus à la récré…

J'y pense tellement à mes champions. Tout le temps. Nuit et jour. Je vibre pour eux, je vis avec eux. Platoche, Blanco, Hinault et les autres. Mes préférés, ce ne sont pas les invincibles ; ce sont plutôt ceux qui doutent, qui ont des fragilités, des blessures. Des sportifs dont je ne suis jamais certain qu'ils vont réussir à aller au bout, des champions dont je ne suis pas sûr qu'ils parviendront à gagner sans mes encouragements. Leurs failles me parlent, leurs cicatrices m'impressionnent. J'aime me croire indispensable à leurs victoires, à un but de Rocheteau, un démarrage de Fignon, un smash de Yannick, et bien sûr, tout en haut, au sommet de ce Panthéon, un saut de Pierre. Sans moi et mon soutien de chaque instant, ils n'y parviendraient pas, c'est certain. Leur gloire s'étale sur les murs de ma chambre. Des posters géants, des portraits triomphants. Des héros tricolores, le plus souvent. J'adore quand le bleu triomphe, c'est vrai. À chaque édition des Jeux olympiques, été comme hiver, j'ingurgite heure par heure les résultats de toutes les compétitions, dresse un tableau précis des récompenses par nations, et mon petit cœur s'emballe quand un athlète arborant le dossard « FRA » décroche une médaille de bronze, fût-ce dans une discipline aussi austère que l'aviron et une épreuve aussi mystérieuse que le « deux sans barreur ».

Je n'y connais rien, mais je suis content parce que « FRA » grimpe sur la troisième marche du podium. Mais l'exploit n'a pas de patrie dans les yeux d'un enfant. Alors, mon admiration est transfrontalière et mon panthéon international. Au firmament rayonnent Diego et John, Maradona et McEnroe, deux sales gosses géniaux dont les mauvaises manières me fascinent. Ils gagnent, mais, mieux encore, ils trichent, ils gueulent, ils mentent. Ils insultent l'arbitre, injurient l'adversaire, provoquent le public. Attirent la lumière, créent le scandale. Tout ce qu'un gamin poli et propre sur lui serait bien incapable d'oser faire… L'interdit, j'en rêve secrètement, mais je ne saurais passer à l'acte. Dans ma tête, j'ai relevé une batterie de pont-levis pour me protéger. Et me suis imposé, tout seul, une série de limites à ne pas dépasser. Pas de consignes, pas d'interdictions, pas de sanctions : « On te fait confiance », c'est le mantra familial. Je n'ai pas non plus subi d'imprégnation religieuse. J'ai échappé au baptême et personne n'a jamais cherché à me bourrer le crâne de ces étranges notions de péché ou de pardon. Dans ma famille, on disperse les corbeaux, on moque les bigots et on bouffe du curé. Et pourtant, mon verger d'enfant est planté de fruits défendus. Je les ai semés moi-même et les observe croître de loin, avec envie souvent, gourmandise parfois, inquiétude toujours. Et si j'osais ? Et si je me laissais aller ? Et si je croquais dedans à pleines dents ? Mais non, enfin, tu n'y penses pas…

Surtout, ne pas laisser paraître mes émotions, encore moins mes sentiments. Je ne traîne pas après l'école et ne sors que pour taper dans un ballon avec quelques copains. Je me méfie des filles, de leurs œillades de velours et leurs ricanements de pestes. Je fuis les bagarres tant que je peux, quitte à me faire traiter de poule mouillée ou, pire encore, de… « femmelette », l'insulte suprême des cours d'école. La seule fois où je me suis retrouvé plongé dans une bagarre à la récré, j'ai fondu en larmes parce que j'avais pris le dessus sur mon adversaire. Je me suis retrouvé à califourchon sur lui, lui ai infligé une volée de coups avec mes poings… et me suis effondré en pleurs : comment avais-je pu faire une chose pareille ? Je m'en suis voulu d'avoir succombé à la violence. Respecter les règles, se plier aux normes, se faire discret, presque transparent.

Mon père, lui, est un coup de vent, un souffle, un ouragan qui renverse portes et fenêtres. Il capte l'attention dès qu'il entre dans une pièce. Bruyant, provocateur, il attire la lumière. Les femmes se pâment devant ses bons mots, les hommes redoutent ses flèches, mais tous l'admirent, ou font mine de, et profitent de sa générosité sans bornes. C'est un chef de bande qui s'est fait mécène et entretient une vraie petite cour. Il aime qu'on l'aime, qu'on le remarque, et brûle la vie par les deux bouts. La sienne d'abord, mais au passage, il calcine aussi celle de son entourage le plus proche. Excessif en tout, je l'admire, mais je m'inquiète pour lui. Et plus encore pour ma mère.

Dans ce gigantesque barnum familial à ciel ouvert, elle n'est plus qu'une ombre qui suscite soupirs sur son passage. Elle a arrêté de travailler pour nous élever, ma sœur et moi, mais au fond, n'y parvient pas vraiment. Ce sacrifice volontaire la dessèche. Elle manque d'oxygène, et tout simplement d'attention. Lui flamboie et elle s'éteint à petit feu, tous deux se consument, chacun à leur rythme.

Combien de fois m'a-t-il raconté ses virées festives et arrosées ? Mon père a fait les quatre cents coups, et bien plus encore, une jeunesse bourgeoise épanouie, en province, au cœur de ces années soixante où tout semblait possible. La légende de ses exploits nocturnes égaye les dîners où se pressent ses amis. Je suis traité comme un grand et invité à rester à table pour écouter ces récits d'anciens combattants de fiestas juvéniles qui s'achèvent immanquablement par la question rigolarde d'un convive : « Et toi mon petit, tu marches sur les traces de ton père ? Toi aussi, ça y va les conneries ? »

Et moi ? Ben non, rien. Pas de cours séchés en douce, pas de cuite précoce, pas de nuit au poste, pas même de petite copine. « Qu'est-ce qu'il est sage… Qu'est-ce qu'il est responsable ! »

C'est vrai, ça, que je me sens responsable. Et silencieux. Je n'ai pas de raison de faire du bruit, de me rebeller ou de sortir de clous puisque j'ai tout ce que je veux. Mon père m'offre tout ce que je souhaite, avant même que je n'aie eu le temps d'en formuler le désir. Par amour bien sûr. Et puis sans doute croit-il aussi, au fond de lui, faire ainsi oublier ses absences. Quelle chance, j'ai ! J'ai tout !

La raquette de Noah, le sac de sport de McEnroe, les chaussures de Platini… et le maillot de Quinon. Rayé ciel et blanc, aux couleurs du Racing, comme celui que Pierre porte lorsqu'il s'envole vers le ciel. En face de mon lit, son visage poupin découpé dans un magazine ne me quitte pas des yeux. Quand je m'endors, Pierre veille sur moi, mes tourments d'enfant et mes songes de gloire à venir.

J'ai tout, et pourtant, je suis seul. Entouré d'icônes. Couvert de cadeaux. Mais seul. Alors, dans le jardin, face aux poteaux de rugby, je me lance des défis tous plus audacieux. Si je réussis la pénalité, j'aurai la moyenne à mon contrôle de maths ! Impossible bien sûr, mais sait-on jamais. Je m'élance et… boum, le ballon s'envole et finit loin, bien loin chez le voisin. Penaud, je me faufile entre les grillages pour aller le récupérer. Pas question de baisser les bras, je retente ma chance. Cette fois-ci, mieux encore, j'opte pour une tentative de drop. J'adore ce geste qui marie l'adresse et le coup d'œil, une course en forme d'arabesque et un tir en pleine course après avoir laissé le ballon rebondir une fois au sol, l'élégance même du rugbyman, ce gentleman qui pratique un sport de brutes. Si je le réussis, c'est sûr, « Maman sera en forme ».

« Est-ce qu'elle est en forme, Maman ? » C'est l'expression rituelle, le mot de passe que nous échangeons, ma petite sœur et moi, la question que le dernier à revenir de l'école pose à celui qui est déjà rentré à la maison. « Est-ce qu'elle est en forme ce soir, Maman ? »

Un euphémisme, un code pour masquer l'inquiétude, et habiller notre honte familiale. Pendant longtemps, je n'ai pas compris. Qu'est-ce qui se passe ? Qu'est-ce qui peut bien la mettre dans cet état ? Pourquoi est-elle toujours si triste ? Ses insomnies ? Les engueulades à n'en plus finir avec mon père ?

C'est peut-être bien de ma faute. Je ne suis pas assez gentil. Trop égoïste. D'ailleurs, elle me le dit parfois, sous le coup de l'énervement : « Tu es égoïste, tu ne penses qu'à toi ! » Non Maman, pas qu'à moi, je ne pense qu'à « eux ». « Eux », mes champions. À leurs victoires qui m'illuminent, à leurs défaites qui me dépriment.

Une fois, ma mère a eu l'air gênée lorsque j'ai jailli sans crier gare au seuil de la cuisine. Elle s'activait dans la pénombre et a rangé à la va-vite quelque chose sous l'évier, en se retournant d'un bond pour m'accueillir d'un sourire un peu forcé.

« Ça va mon fils ? C'était bien l'école aujourd'hui ? »

La démarche incertaine, le regard vitreux.

Ce soir, encore une fois, Maman n'est pas en forme.

Jeanine, elle, est toujours prévenante avec son petit Pierre. « Laisse-le respirer un peu, tu vois bien qu'il est fatigué… » À force de protéger son oisillon, elle arrache des soupirs agacés à Henri : « Mais non, voyons, arrête de te faire du mauvais sang, il n'est pas en sucre… »

Il a inscrit Pierre à la perche au Rhodia Club du Péage-de-Roussillon et a pris en main son entraînement. Le père commence à tenir des petits cahiers pour y consigner les performances du fiston, découpe des fiches réalisées par la Fédération française d'athlétisme pour suivre sa progression : *3,40 mètres 3,50 mètres, 3, 60 mètres… 27, 28, 29,* Henri note soigneusement le nombre de foulées dont Pierre a besoin avant de planter la perche au pied du sautoir. Et puis surtout le rythme. Attention Pierrot, pas trop vite au départ, une demi-douzaine de foulées amples, déliées, en inspirant à pleins poumons, pour prendre de la vitesse. L'accélération soudaine, plus vite, plus vite. Les petites jambes qui moulinent, la respiration qui se bloque juste avant l'envol. Et le souffle, profond, continu, pendant l'ascension, comme pour se propulser. Sur ses cahiers, Henri note tout minutieusement, d'une écriture presque scolaire. Et le soir, il en relit quelques extraits au petit Pierre dans son lit, comme pour bercer le gamin du songe des triomphes à venir.

Pierre est appliqué. Il écoute, apprend et progresse vite. Il est encore en classe de troisième qu'il franchit déjà trois mètres quatre-vingt-dix, ce qui lui vaut de décrocher une première médaille aux championnats régionaux, un beau jour de début d'été, à Saint-Étienne. Deuxième, tout juste derrière son copain Alain, ce grand dadais tellement plus costaud que lui. Pour fêter ça, le soir, le Coca a coulé à flots. Jeanine a même concocté un superbe gâteau au chocolat dégoulinant de crème. Ainsi va la vie, paisible et enchantée, du côté de Salaise, en bordure de nationale 7, la route du soleil et des vacances.

Sur les sautoirs, Pierrot détone. Sa silhouette est plutôt frêle, mais sa course toujours explosive. Il suit scrupuleusement les conseils de son père. Cale fermement la perche dans ses deux mains. Elle doit toujours tenir droit, sans bouger, sans osciller d'un côté à l'autre, tout au long de la course d'élan. Et puis il accélère progressivement. Et surtout, il concentre son énergie, sa fougue, sur le sprint final, en bout de piste. « La vitesse maximale, c'est à la fin Pierrot, juste au moment de décoller, n'oublie jamais… » À chaque tentative, la voix impérieuse d'Henri résonne dans sa tête. La tonicité du petit Pierre épate ses concurrents. Sur les matelas de réception, il n'en finit pas de rebondir et de multiplier les sauts périlleux dans de grands éclats de rire, bref, Pierrot s'amuse ! Le week-end, les perches sur le toit de la voiture, l'inséparable duo père-fils écume les stades d'athlétisme de la région : Bourgoin-Jallieu, Grenoble, Annecy, Saint-Étienne, etc. Cornaqué par Henri, le petit Pierre trace son chemin. Jeanine, elle, ronge son angoisse à la maison. Trop inquiète pour aller le voir sauter, elle attend, seule, le retour des deux hommes de sa vie, et les accueille, tout sourire, le dimanche soir, avec une profusion de pâtisseries. Au gré des compétitions, Pierre se fait rapidement remarquer. Son style, sa vitesse, mais aussi sa fraîcheur, son insatiable joie de vivre lui valent des admirateurs. En marge des concours, il croise la route d'anciens champions qui tous n'ont d'yeux que pour ce gamin bondissant. « Des qualités exceptionnelles », « Il ira loin, et surtout haut ! », « On n'a pas fini d'en entendre parler de votre fils, monsieur Quinon ! », chacun de ses passages déclenche une salve de compliments qui font rosir de fierté le paternel.

Des compliments au goût de madeleine. Vingt ans plus tôt, c'est lui, Henri, qui en recevait à pleines brassées lorsqu'il déboulait à grandes enjambées, dans son maillot rayé, tout au bout de la dernière ligne droite du stade d'athlétisme La Bachasse de Condrieu. « Vas-y Riton, vas-y ! Accélère ! Tu vas les avoir ! » Les encouragements des copains agglutinés en bordure de piste résonnent encore dans un coin de sa mémoire. L'adrénaline, la petite boule dans le ventre juste avant le départ, les cuisses dures comme du bois à l'approche de la ligne d'arrivée, et puis l'euphorie qui porte jusqu'à la victoire, les souvenirs affluent quand Henri observe son rejeton. Benjamin, cadet, junior, à chaque catégorie d'âge, ses honneurs régionaux… Une vraie vedette de Rhône-Alpes, le Riton ! Comme Pierrot, son héritier, sa merveille, qui a pris le témoin et le porte encore plus haut. Henri reste son guide, la boussole, l'indépassable, celui qui a ouvert le chemin. Mais peu à peu, Pierrot se découvre un nouveau modèle, Jean-Michel Bellot. De sept ans son aîné, il est champion de France de saut à la perche. Le petit Pierre n'a d'yeux que pour cet athlète charismatique, au regard clair et aux beaux cheveux blonds, qui parle si bien à la télé. Il n'a que quatorze ans quand Jean-Michel Bellot se classe septième aux Jeux olympiques de Montréal en 1976. C'est une sorte de grand frère qui lui montre la voie à suivre. Mais avant de marcher sur ses traces, il lui faut faire ses preuves. S'entraîner, transpirer, suer sang et eau. Et sauter. Alors, avec Henri, inlassablement, chaque week-end, Pierrot fait le tour des compétitions de la région. Roanne, Chambéry…

Ce samedi matin-là, le tandem prend la route d'Aix-les-Bains. Pierre s'en va participer à une compétition de jeunes sur le tout nouveau complexe d'athlétisme inauguré quelques années plus tôt. Au volant de la familiale, Henri est tendu, concentré, les yeux fixés sur l'asphalte. Dans sa tête, il se repasse silencieusement la course d'élan du fiston : 16, 17, 18 foulées, et hop, planter la perche d'un coup sec et s'envoler !

Assis à ses côtés, à l'avant, Pierrot jette discrètement un regard affectueux à son père. Il le sent, il le sait, pour aller loin, pour aller haut, il doit l'écouter, c'est son meilleur appui.

Pour moi aussi, ce matin, c'était génial. Mon père m'a accompagné au foot. Pour la première fois. D'habitude, il n'a jamais le temps. Au début, je croyais que c'était parce que je jouais dans une équipe de patronage, les enfants de Passy, le club de la paroisse. Pas vraiment son genre. Pour un mécréant comme mon père, l'hostie était un peu rude à avaler. Ce n'est pas que j'ai vu la lumière, mais tous mes copains du collège y sont inscrits. Moi, je veux jouer avec eux, c'est tout. Je n'avais même pas compris que c'était un club confessionnel. Je ne l'ai saisi que lorsque pour la Chandeleur, l'entraîneur nous a donné rendez-vous dans une chapelle pour manger des crêpes avec un vieux monsieur habillé en robe. Un curé. Mon père a bien grogné un peu au moment de payer ma cotisation. Mais au fond, il s'en moque. Ces vapeurs d'encens l'amusent plutôt. Son fils jouant au foot chez les cathos, il trouve ça cocasse. Ça lui donne même l'occasion de dégainer quelques salves de bons mots : « Il joue à quel poste Jésus dans votre équipe ? »

Mercredi dernier, à la fin de l'entraînement, le coach a demandé : « Samedi matin, les enfants, il me faudrait trois ou quatre parents pour nous accompagner ? » J'ai tout de suite levé le doigt.

« Moi monsieur, moi, je vais demander à mon père… En plus il a une grosse voiture. » Je l'ai harcelé pendant trois jours et cette fois-ci, il a craqué.

Il s'est libéré. Un vrai papa-modèle. Bon, on a perdu, mais c'est pas grave. Du bord de la touche, mon père m'a regardé jouer, enfin je crois. Il m'a même encouragé. Comme d'habitude, dans l'équipe, c'est mon copain Jean-Christophe qui a tout fait. Avec ses grandes jambes, il a traversé le terrain dans tous les sens pour marquer trois buts. On a quand même perdu 7-3. Moi, j'ai vraiment pas été bon. Et à mesure que le match avançait, j'ai ressenti l'habituelle boule au ventre. De plus en plus fort. Pendant que Papa est là, au bord du terrain, Maman est seule à la maison. Qu'est-ce qu'elle fait ? J'espère qu'elle sera en forme quand on rentrera. Au coup de sifflet final, au moment de prendre le chemin de la maison, j'ai les jambes qui flageolent un peu.

Quelques heures plus tard, je suis de nouveau euphorique. Nous voilà remontés en voiture, tous les quatre, comme une famille normale. Ce matin, Papa est venu me voir jouer, et en cette fin d'après-midi, Maman est en forme. Tout va bien. Ma petite sœur somnole à mes côtés. L'autoradio de la R16 grésille un peu. « De toutes les routes de France d'Europe / Celle que j'préfère est celle qui conduit / En auto ou en auto-stop / Vers les rivages du Midi / Nationale 7. »

Le Fou Chantant s'en donne à cœur joie. Maman fredonne. Mais Papa conduit toujours un peu trop vite. Maman pousse des chuintements stridents et agrippe l'accoudoir. Il s'agace et accélère. À chaque virage, les suspensions fatiguées grincent un peu plus. Je n'ai jamais trop compris pourquoi on appelait ça une « familiale ». J'ai lu ça dans un prospectus. Le constructeur ajoutait carrément : « La R16 ? La première voiture familiale à vivre... » À vivre ? À vomir oui, quand mes parents rivalisent de bouffées de Gitanes, elle avec filtre et lui sans. Pourtant ce soir, rien ne me dérange. Dans la voiture aux vitres fermées, je disparais sous les volutes de fumée tandis que de grosses gouttes s'écrasent sur le pare-brise. Mais je n'ai même pas mal au cœur. Je me sens léger, comme baigné d'une douce quiétude familiale.

« Il faut la prendre qu'on aille à Rome à Sète / Que l'on soit deux trois quatre cinq six ou sept / C'est une route qui fait recette. » Maman s'est remise à chantonner. Elle adore Trenet : « Route des vacances / Qui traverse la Bourgogne et la Provence / Qui fait d'Paris un p'tit faubourg d'Valence / Et la banlieue d'Saint-Paul-de-Vence. » La nuit est tombée, la pluie redouble. « On chante, on fête / Les oliviers sont bleus ma p'tit' Lisette / L'amour joyeux est là qui fait risette / On est heureux nationale 7. »

On l'est aussi nationale 1, sur la route des week-ends. Pas de trace de Bourgogne ni de Provence, mais plutôt Warluis, Allonne, des hangars, une vaste zone commerciale, un alignement d'enseignes d'ameublement et d'électroménager, et enfin un panneau qui indique Beauvais. Nous voilà arrivés chez ma grand-mère.

L'euphorie

Pierre Quinon plisse les yeux. Une petite fossette au creux de la joue droite embellit sa frimousse de gamin espiègle. Sa tignasse bouclée lui mange le front. Une boucle brune descend sur son œil gauche. C'est un portrait en gros plan. Une photo en noir et blanc. Sur la droite, le sigle d'un équipementier, Nike, orné d'un astérisque qui renvoie à un slogan, en bas de page : « Pierre, les mots nous manquent ». Je lis et relis ce cri du cœur. Moi aussi, les mots me manquent. Toute la nuit, j'ai refait le saut de Pierre dans mon lit. Dans l'obscurité, les yeux grands ouverts, fixés au plafond, je me suis vu franchir la barre fixée à cinq mètres soixante-quinze sous les yeux ébahis d'une foule d'Américains. Ce matin, assis devant mon bol de chocolat chaud, épuisé de mon exploit, mais heureux, je dévore le cliché des yeux. Il est déjà 11 heures et le soleil corse tape fort sur la fenêtre de la cuisine. Maman dort encore, et moi j'ai gagné, je suis dans le journal, je suis Pierre. Sa photo occupe toute la page 11 de *L'Équipe*, ma bible quotidienne. Je me suis dépêché d'aller acheter l'un des trois exemplaires livrés chaque jour à l'épicerie du village. Une denrée rare. Des piles entières de *Corse-Matin* et seulement une poignée de numéros de *L'Équipe*... Parfois, les priorités du monde des adultes m'échappent.

Sous le titre « J'ai joué gros... », Pierre raconte son exploit. Il avoue son inquiétude lorsqu'en plein concours, sa blessure à la cuisse s'est réveillée. Le muscle qui se met à tirer pendant la course, une petite boule qui le force à ralentir, et la peur de l'abandon. Je frémis. Il s'en est fallu de peu. Tout aurait pu tourner à la catastrophe. Mais Pierre Quinon a serré les dents. Ne pas y penser, faire abstraction de la douleur, ôter le mal de son corps et continuer comme si de rien n'était. Faire semblant, donner le change, je connais cet artifice, je sais faire. Son insouciance, mais aussi sa volonté, ont fait le reste. Répondant au journaliste de *L'Équipe*, Pierre dévoile la clef de sa victoire : l'état d'esprit. Les muscles, la puissance, la technique, c'est indispensable, certes, pour s'élever vers le ciel, mais rien ne remplacera jamais la force mentale. C'est elle qui fait voler l'athlète. Ne dit-on pas de la volonté qu'elle peut renverser les montagnes ? Alors franchir cinq mètres soixante-quinze, qu'est-ce que c'est ? Fastoche, quand on le veut vraiment. « J'avais dans un premier temps pensé à la sophrologie mais ce n'était pas adapté à la perche. Alors j'ai travaillé la relaxation[1]. » Il s'y est mis six mois avant les Jeux olympiques de Los Angeles. Et il a gagné. *Mens sana in corpore sano*. Je ne sais pas pourquoi, mais j'ai toujours adoré cette citation latine. Je me la répète quand je joue au foot avec mes copains, comme quand je révise à la veille d'un contrôle en classe. *Mens sana in corpore sano*. Tout est là. Pierre, c'est l'incarnation de cette maxime. Mon dieu, mon Jupiter à moi, maître des dieux du sport et de l'univers olympique.

1. *L'Équipe*, 10 août 1984.

Fils aimant, et reconnaissant, il rend hommage un peu plus loin dans le journal à ceux qui l'ont aidé à se hisser jusqu'au sommet, et d'abord, à Jeanine et Henri : « Je dois tout à ma famille qui m'a donné dès l'enfance une éducation sportive très poussée. Mon père, ancien coureur de 400 mètres, aimait beaucoup l'athlétisme et m'a fait partager cette passion. Il m'a préparé à cette vie sportive que j'avais personnellement très envie de connaître. Mon père a été la source de toute mon évolution au Racing. Il a su me donner les bases et un état d'esprit. »

À Salaise, cette nuit-là, Henri avait rameuté chez lui tous les copains du village. « Vous allez voir, Pierre va gagner, j'en suis sûr, et lui aussi, je le connais quand même, c'est moi qui lui ai appris la perche… » Toute la bande s'est entassée dans le salon, collée à la télé, pour vibrer à chacun des sauts du fiston. Jeanine, elle, est restée dans la chambre voisine. Comme toujours, elle n'a pas pu le regarder sauter. Elle a trop peur que Pierrot se fasse mal. Alors, elle a passé la nuit l'oreille collée à la porte, à deviner la tournure de la compétition au gré des hurlements des copains d'Henri. Et puis son mari est entré dans la chambre. « Ça y est, Pierre est champion olympique, je te l'avais bien dit… » Trop émue, Jeanine a manqué de défaillir. Elle est sortie prendre l'air. Elle a marché pendant près d'une heure dans la nuit étoilée, seule dans la rue, sans trop savoir où aller. Juste le temps de retrouver ses esprits. À son retour dans la maison, toute la bande de copains d'Henri sablait déjà le champagne. À 4 heures du matin. « Viens Jeanine, il faut fêter la victoire de Pierre, prends une coupe ! »

Ma mère sort de sa chambre. Il est bientôt midi. Absorbé par ma lecture, je ne l'avais pas entendue venir. Elle a l'air hagard, les cheveux en bataille, le teint froissé. En la voyant approcher, un flot de paroles jaillit de ma bouche. Je veux lui faire partager mon euphorie. Je commence à lui parler de Pierre, de son exploit, à lui raconter la compétition qui m'a tenu éveillé toute la nuit, ou presque, la concurrence des athlètes américains, l'ambiance hostile, la blessure à la cuisse, bref, tous ces éléments qui se sont dressés face à mon héros, et Pierre triomphant seul contre tous de l'adversité. Les mots se bousculent. Je parle vite, trop vite. « Non mais tu te rends compte,

Maman, champion olympique, il est champion olympique, non mais tu te rends compte ? » Je m'arrête. Je la regarde. Non, je n'ai pas l'impression qu'elle se rende compte. Elle me sourit mécaniquement. Gentiment, même. Mais elle n'a pas vraiment écouté. Je me demande pourquoi elle a l'air toujours un peu triste. Un peu ailleurs. On est champion olympique, quand même ! Une médaille d'or, c'est pas rien ! Moi, en tout cas, ça me rend super heureux. Mais Maman est fatiguée, elle a mal à la tête, cherche une aspirine.

Je replonge dans ma lecture. Jacques Goddet, le fondateur du journal *L'Équipe*, loue l'humilité de Pierre. Le champion français a su triompher sans exubérance, ni se réjouir de l'échec de ses concurrents, et surtout sans succomber aux simagrées patriotiques qui rongent l'esprit olympique. Quand les athlètes américains vainqueurs se drapent dans la bannière étoilée à peine la ligne d'arrivée franchie pour faire planer le *Stars and Stripes* sur le Coliseum de Los Angeles tout au long de leur tour d'honneur, Pierre, lui, a discrètement repoussé le drapeau tricolore que lui transmettait son entraîneur pour célébrer son triomphe. Pas question de parader, ça ne se fait pas.

Attention, pas de malentendu, Pierre n'adhère pas pour autant à la fameuse maxime du baron de Coubertin : « Le plus important aux Jeux olympiques n'est pas de gagner mais de participer, car l'essentiel, ce n'est pas d'avoir vaincu mais de s'être bien battu. » Quelle étrange conception de la compétition… Pour Pierre, l'essentiel, c'est bien de gagner, il n'en doute jamais. Et plus encore de gagner ce jour-là, ce jour d'août 1984, lors de ce rendez-vous à ne manquer pour rien au monde, une finale olympique à laquelle il songe depuis des mois, un concours pour lequel il a tout prévu, tout envisagé, tout analysé, la concurrence, les conditions météorologiques, la tactique, et surtout, tout sacrifié depuis des années. Mais il y a différentes façons de gagner. Avoir la victoire humble, le triomphe modeste, comme Pierre, c'est une façon de gagner deux fois, la seconde en son for intérieur, d'emporter aussi l'estime de ceux qui vous connaissent et vous importent, ceux que l'on aime, et c'est surtout gagner l'estime de soi. Une noble réserve, une fierté retenue, comme la leçon de décence d'un gentleman champion. Cette humilité m'émeut, moi le petit garçon qui a tant de mal à canaliser mes émotions… et tant de mal à les exprimer. Gagner, c'est bien, et ça fait du bien. Mais triompher, c'est pas beau. Ça plombe… Hier encore, sur le terrain du village, lors d'une de ces interminables parties de foot qui occupent mon été corse, j'ai marqué un but. Un ballon qui rebondit dans le dos d'un adversaire, un cafouillage dans la surface de réparation, à cinq mètres du but, et moi qui pousse du bout du pied la balle dégonflée au fond des filets troués. Un vrai coup de bol… Cris de joie de mes coéquipiers, le but de la victoire, juste avant de passer à table, 10-9 pour nous ! Mon copain Ludo a bombé le torse et levé les bras au ciel. Moi, j'ai rentré la tête dans les épaules. J'étais gêné.

Je n'aime pas les frimeurs, les vantards, les fiers-à-bras, ceux qui la ramènent trop haut, qui ne peuvent pas s'empêcher de rouler des biscotos. La victoire, ça doit être léger comme une plume, ça soulage, ça ôte d'un poids, ça élève. Et la perche, plus encore, c'est magique… Pensez donc, une discipline qui envoie l'athlète tutoyer les étoiles ! Comme si les muscles n'avaient d'autre utilité que de propulser l'âme du champion au firmament. Dans *L'Équipe* du jour, Jacques Goddet tresse des louanges à l'élégance de Pierre : « Le combat perpétuel que l'homme conduit contre la nature trouve toujours sa meilleure image dans les tentatives contre sa propre pesanteur. La conquête de l'espace, c'est s'élever, aller toujours plus haut, s'affranchir de nos liens, se donner un pouvoir nouveau. » Le titre de son article ? « Direction : le ciel ». Pierre plane.

Au loin, pourtant, de premiers nuages s'amoncellent. On les devine à peine. Ils sont encore imperceptibles. Pierre ne les voit pas venir.

Après le triomphe californien, il croule sous les coups de fil pendant des semaines. Cinquante par jour ! Des compliments, souvent pompeux, qui émanent de tout ce que le sport français compte d'officiels. Des liasses de télégrammes qui s'accumulent. Des félicitations en pagaille. Des politiques qui s'en mêlent. Des déclarations d'amour de jeunes filles tombées en pâmoison devant son minois. Et puis toute une série de fans, sportifs du dimanche, émerveillés par ces funambules que sont les perchistes, ou patriotes en short qui aiment entendre retentir *La Marseillaise* dans leur téléviseur.

Moi-même, un beau jour, de retour à Paris, j'ai pris ma plus belle plume. J'avais bien fermé la porte de ma chambre pour ne pas être dérangé. Je me suis installé à mon bureau. Nous étions en septembre 1984, j'avais quinze ans, c'était la rentrée des classes. J'avais besoin que Pierre m'accompagne sur le chemin du collège. Alors, j'ai commencé à écrire la lettre la plus importante de ma vie. Une lettre à Pierre. Pour le féliciter. Lui dire bravo et surtout merci. Pour l'aimer. « Cher Monsieur Pierre Quinon… » Non, trop froid, trop académique. J'ai recommencé : « Mon cher Pierre Quinon… » Au fond, c'est mon champion quand même, presque mon grand frère. Et si je me lâchais, si je lui disais ce que je ressens vraiment, si j'y allais franchement : « Mon cher Pierre… » Et j'ai continué : « Cet été, j'ai beaucoup pensé à vous. J'étais en vacances en Corse et j'ai regardé votre victoire aux Jeux olympiques. Vous m'avez fait rêver ! Je voulais surtout vous dire bravo et merci… » Non, je ne peux quand même pas lui écrire tout ça. Pas à Pierre. C'est gênant. Il ne me connaît même pas…

Alors, j'ai déchiré la feuille. J'ai recommencé une fois, deux fois. J'ai cherché d'autres mots, d'autres formules, plus pudiques. C'était toujours plus compliqué. Dans ma tête, pourtant, c'était très clair. Je voulais juste lui dire que je l'admire, qu'il est un exemple, un modèle. Mais je ne parvenais pas à l'écrire. Alors, j'ai renoncé.

C'est pas mon truc, les lettres d'amour. D'ailleurs, je ne sais même pas si je la lui aurais envoyée. Bien sûr, je n'avais pas son adresse personnelle. Mais dans l'annuaire, le gros bottin jaune qui traîne à la maison à côté du téléphone, à la rubrique « clubs de sports », j'ai trouvé l'adresse du siège du Racing Club de France, son club, 5 rue Eblé, dans le 7e arrondissement de Paris. J'étais tout content de moi, fier du succès de mon investigation. Digne de Rouletabille ! Mais je n'ai rien fait de ma découverte. Trop peur de me dévoiler. Trop peur de le déranger. J'ai bien fait. Pierre n'en peut plus. Des semaines qu'il ne supporte plus de recevoir tous ces messages de félicitations.

Terré chez lui, dans sa petite maison de Colombes, à deux pas du stade d'entraînement, il s'interroge.

Enfant, il ne rêvait que de gagner. Adulte, le voilà vainqueur. Dans le jardin de Salaise, sous les encouragements d'Henri, comme dans la cour de l'école ou sur les premières pistes fréquentées à l'adolescence, il n'avait d'autre but que d'aller plus vite, plus loin, plus haut. De devancer ses camarades, de supplanter la concurrence, de finir premier, toujours premier !

Quelques années plus tard, ça y est, mission accomplie, il a gagné, il a atteint le sommet... et le bonheur n'y est pas.

L'accomplissement d'un rêve aurait dû le libérer, l'enivrer d'un sentiment d'accomplissement, le faire croquer sans arrière-pensées dans une forme de plénitude. Or Pierre a comme un goût saumâtre dans la bouche. La tête lourde, fébrile, des frissons lui parcourent la nuque. Il a gagné, certes, et alors ? Pourquoi le combler de tant d'honneurs, l'ensevelir sous autant de louanges ?

Au nom de qui ? Au nom de quoi est-il ainsi couvert de lauriers ? Eh bien au nom du sport français, voyons ! Du sport français, non mais vraiment ? Et puis quoi encore ? Et pourquoi pas au nom de la République ou de la patrie ? Grotesque... Pierre juge tous ces éloges ridicules, déplacés, il ressent presque une forme de dégoût face aux démarches pressantes de tous ces inconnus d'hier qui le redeviendront vite demain.

Tout ce cirque l'agace. Pierre sait mieux que quiconque que la victoire ne tient qu'à un fil. Un coup de bol, un coup de vent, une maladresse, une barre que l'on effleure du talon et qui dégringole, entraînant avec elle nos espoirs de gloire. Et d'ailleurs, la mérite-t-il vraiment, cette victoire ? Le recordman du monde soviétique, le jeune Sergueï Bubka, qui domine la discipline de sa forte tête et de ses larges épaules n'était pas là. « Et alors ? » Bien des années plus tard, les deux fils de Pierre l'entendront répéter : « Ce jour-là, il aurait été là, c'était pareil ! Ce jour-là, tu me mettais n'importe qui en face de moi, je le battais ! » Bubka, comme les autres, comme les Américains, comme son coéquipier Thierry Vigneron, au palmarès plus fourni que le sien, et qui a échoué sur la troisième marche du podium. Pierre joue les bravaches, il affiche l'assurance des gagneurs, l'arrogance des champions. Il fait comme si. Il sait bien, au fond de lui, que s'il a gagné, c'est aussi, et sans doute d'abord, grâce à la chance. La chance éphémère, la chance qui tourne. Pas la peine de se mentir, c'est le sort qui l'a fait roi.

Pourquoi dès lors en faire un héros ? Pourquoi glorifier un seul individu quand tant de malheureux dans le monde, plus méritants que lui, n'ont pas la chance, eux, de pouvoir échapper à la misère, à la faim, à la maladie ? D'ordinaire, le triomphe isole le vainqueur sur son Olympe ; Pierre, lui, n'est pas seul au monde. Il se croyait mû par le seul égoïsme du champion. Il lui faut arracher la victoire suprême sans parvenir à en jouir, pour comprendre à quel point il a soif de partage et besoin des autres. Les vrais, ceux qui comptent et qu'il aime, comme ces inconnus lointains qui souffrent en silence. Les autres, ce ne sont sûrement pas ces centaines de nouveaux « amis » autoproclamés, toutes ces relations intéressées qui le harcèlent.

Exaspéré, Pierre cède à une bouffée d'orgueil. « Ce titre olympique est un succès strictement personnel, déclare-t-il à la presse. Il n'appartient qu'à moi, à mon père, qui m'a formé au Péage-de-Roussillon, et à deux ou trois entraîneurs. » Sûrement pas au pays. Pas davantage au public et à tous ceux qui l'agressent, enfin, qui le sollicitent. Pour Pierre, ça veut dire la même chose. Un coup de fil, c'est une agression, une lettre, un coup de poignard. Pas question de jouer au héros, de mettre en scène sa gloire. En est-il seulement digne ?

Un soir, il invite à dîner chez lui, à Colombes, l'un de ses meilleurs amis perchistes, Philippe Houvion. De cinq ans son aîné, Philippe veille sur son ascension. Attentionné, prévenant, il est toujours de bon conseil. Celui qui lui a montré la voie. N'avait-il pas raté de peu une médaille aux Jeux olympiques précédents, à Moscou, en 1980, en terminant quatrième, au pied du podium ?

Philippe est ravi du succès de son ami. Il rayonne de bonheur. Pierre, lui, est mal à l'aise. Ce soir-là, au fil du dîner, il se tortille sur sa chaise. Le regard fuyant, il évite celui de Philippe. Son aîné le couvre d'éloges. Pierre se tord les mains, cligne un peu des yeux, laisse échapper quelques tics nerveux. « Moi, champion olympique ? C'est bizarre quand même… Tu ne trouves pas ? » Philippe lui répond que non, c'est normal, logique, le fruit de son talent et d'années de travail. Et puis surtout, il insiste, c'est un titre totalement « mérité ». Mérité ? Le mot fait bondir

Pierre. « Qu'est-ce que ça veut dire "mérité" ? » Philippe est décontenancé. Pierre s'énerve, il devient tout à coup désagréable.

« Non mais franchement, champion olympique, qu'est-ce que ça veut dire, à quoi ça sert quand on voit tous ces enfants qui meurent par milliers en Éthiopie ? » Philippe s'avoue vaincu et baisse les bras. Que répondre à ça ? Pierre a gagné et il s'en veut. Tant d'autres perdent un peu partout dans le monde sans qu'il ne puisse rien y faire, sans même qu'il essaye. Son impuissance n'est-elle pas coupable ? Comment se complaire innocemment dans une joie égoïste quand le monde autour de lui a depuis longtemps perdu son innocence ? Pierre se sent responsable. Adolescent, déjà, le sort des moins chanceux que lui le troublait. Son insouciance, sa légèreté affichée masquaient mal une inquiétude souterraine. À mesure qu'il s'est élevé jusqu'à tutoyer une réussite exemplaire, il n'a jamais pu se libérer complètement des pesanteurs. Du haut des cimes de son titre olympique, Pierre contemple désormais les dégâts.

La famine ravage la Corne de l'Afrique. À la télé défilent les images de bébés au ventre ballonné, les yeux pleins de mouches. Le spectacle lui arrache des larmes. Le show-business découvre la charité. Michael Jackson et toutes les plus grandes stars américaines entonnent *We are the World*, Renaud écrit à son tour une chanson pour l'Éthiopie qui est reprise en chœur par les plus célèbres artistes français. Et voilà que ce monde enchanté du show-biz essaye de l'enrôler. Un matin, le téléphone sonne. Une voix de femme. « Bonjour Pierre Quinon, je travaille pour la chaîne Antenne 2 et je vous appelle car Michel Drucker serait ravi de vous recevoir dans son émission, *Champs-Élysées.* » La télé, Drucker, *Champs-Élysées* ? Un tremplin inespéré, le Graal médiatique. Tout le monde rêve de l'atteindre, tous les ambitieux en quête de notoriété aspirent à s'y montrer. Pas Pierre. Très peu pour lui… Qu'irait-il faire dans cette galère scintillante ? Le mérite-t-il seulement ? Peut-on dire non à Michel Drucker ? Oui, Pierre peut le faire. Il décline l'invitation. Quelques jours plus tard, c'est *Paris-Match* qui le sollicite. Une séance photo, la couverture, raconter ses projets, dévoiler son intimité ? Le poids des mots, le choc des photos ? C'est encore non. Pas question de s'exhiber. Pierre fuit même la lucrative tournée de meetings post-olympiques qui aurait pu garnir son compte en banque. Les médaillés de Los Angeles y font fructifier leur notoriété naissante. Pierre choisit de s'éloigner de la lumière. Dans le milieu de l'athlétisme, on a tôt fait de le dire « rebelle », de le décrire comme un solitaire rétif au « système ».

Tout ce qu'il veut, Pierre, c'est rentrer chez lui, son vrai chez-lui, à Salaise, regagner le nid familial. S'y lover, s'y blottir pour retrouver ses esprits. Jeanine est aux anges d'accueillir son champion de fils. Henri le dévore des yeux, mélange d'envie et de jalousie. Ces deux-là n'ont jamais grand besoin de paroles pour se jauger. Et se comprendre. Pierre montre sa médaille d'or à son père. Henri s'en saisit, la soupèse. Il soupire d'aise. Quelle récompense… Et il la range dans un tiroir. C'est lui qui va la garder. Ce titre, il pense que c'est aussi un peu le sien. Pierre ne le dément pas. Il ne dit rien.

Du silence, du calme, c'est précisément ce dont il a besoin. Le premier soir, Jeanine lui tend un bol de chocolat chaud.

« Maman, enfin, j'ai vingt-deux ans…

— Et alors ? Il y a un âge limite pour le chocolat ? Tu seras toujours mon petit garçon. »

C'est vrai. C'est justement ce qu'il veut. Rester le même, ne surtout pas changer. Alerté du retour de l'enfant prodige, le village veut le fêter. Pas tous les jours qu'un champion olympique a grandi à Salaise… « Monsieur l'maire » a demandé à Henri l'autorisation d'organiser un petit pot à la mairie en l'honneur du champion. « Ce sera un truc tout simple, promis, juste pour embrasser Pierre… » Le père a accepté, le fils s'est plié à la corvée. Pas moyen de se défiler. Le voilà dans la salle des mariages, pressé de toutes parts. « Ça va Pierrot ? » « Tu te souviens de moi, Pierrot ? » « Qu'est-ce qu'on est fier de toi, Pierrot ! » Pierre descend machinalement la coupe de champagne que l'employé de mairie lui a mise dans la main. Antoine, le vieux copain perdu de vue, surgit. Il réveille leurs souvenirs communs du côté du pont des Moines. « Qu'est-ce que tu faisais le con juché là-haut ! » Pierre frissonne. Une jolie brune lui fait des œillades. « On était dans la même classe en quatrième, tu te souviens ? » Pierre pense « non », mais répond « oui ». La jeune fille ne lui dit rien du tout, mais il sait se tenir. Un sourire figé plaqué sur le visage, il distribue les bises, pose pour quelques photos souvenirs. À la demande générale, il se fend même d'un bref discours, quelques mots prononcés du bout des lèvres. L'assistance est suspendue à sa douce voix : « Une médaille olympique, c'est un grand bonheur mais ça pèse, souffle-t-il. Avant, j'étais Pierre Quinon un point c'est tout. Maintenant, certains attendent plus de moi, mais moi je veux rester Pierre. Je ne serai pas différent car je ne le veux pas, promis. » Et puis d'un coup, une grande fatigue l'accable. Un vrai coup de pompe. Le trop-plein d'attentions l'enfonce, ses épaules ploient sous l'affection. Pierre se laisse tomber sur une chaise. Jeanine s'approche. Elle se penche, lui glisse à l'oreille, réconfortante : « Tu es crevé mon Pierrot, rentre te reposer à la maison…

— Tu es sûre Maman ? » Il a peur de décevoir, de ne pas être à la hauteur. C'est un gentil, Pierrot, un gentil fatigué. « Mais oui, ne t'inquiète pas. Les gens t'ont vu, c'est l'essentiel. Ils sont contents. Et avec ton père, on va rester un peu… »

De retour à la maison, il grimpe se réfugier dans sa chambre d'enfant. Décoration inchangée, meubles identiques, la pièce n'a pas bougé depuis qu'il l'a quittée, cinq ans plus tôt, pour rejoindre la section athlétisme de Salon-de-Provence, premiers pas sur le sentier d'une gloire qui allait le conduire à Paris. Ah si, tiens, là, ça c'est nouveau, une pile de journaux au pied du lit. Henri et Jeanine n'ont pas pu s'empêcher de conserver pieusement la presse qui chante les exploits de leur bambin. Pierre tombe sur un article dans lequel l'écrivain Antoine Blondin, grand amoureux du sport, évoque la nature à nulle autre pareille d'un titre olympique : « Être champion du monde, ça n'est jamais qu'une manière un peu élargie d'être "le meilleur de sa rue", comme disent avec jovialité les habitants du quartier », écrit l'auteur de *L'École buissonnière.* « De quel monde, en effet, s'agit-il sinon de cette planète aux dimensions essentiellement finies, sur laquelle nous vivons passagèrement, ici et maintenant ? Un titre olympique rend un tout autre diapason. Quoiqu'il se prévale également d'un retentissement universel, il qualifie moins une supériorité dans l'espace qu'une suprématie dans le temps. Un parfum d'éternité l'accompagne. Derrière l'olympisme, on voit, en filigrane, se profiler l'Olympe, dont l'Antiquité grecque avait fait le séjour de ses divinités, réputées immortelles, et ce n'est pas pour rien que les lauréats des épreuves destinées à commémorer leur célébration jouissent de l'appellation délibérément emphatique de dieux du stade. »

Pierre frissonne. Il relit ces quelques lignes. Comment ça, un titre olympique, c'est pour l'éternité ? Alors, ça veut dire que plus rien ne sera jamais comme avant ? Un poids lui tombe sur la poitrine. Pierre suffoque, cherche un second souffle. Toc-toc-toc. On frappe doucement à la porte de la chambre. « Pierre, c'est moi, nous sommes rentrés, tu es là ? » Henri entrouvre et passe la tête par l'entrebâillement. « Ça va ? Tu descendras dans dix minutes pour venir dîner ?

— Oui Papa, pas de souci, tout va bien, j'arrive… »

« Oui Papa, pas de souci Papa, tout va bien Papa. » C'est ce que je réponds au mien ce jour d'automne où il me fait venir dans son bureau. Il est assis derrière une pile de dossiers. Écrase à la hâte sa Gitane sans filtre dans son gros cendrier déjà plein. Mon père me sourit tendrement. Il me fait signe d'approcher et me prend dans ses bras un instant. Je suis un peu gêné, je me noie sous ses grosses paluches. Machinalement, il demande : « Ça va l'école ? Tu as eu de bonnes notes ? » Ben oui, comme toujours. Il le sait bien d'ailleurs. Mon père me fait confiance, comme il dit. Par exemple, au début de l'année scolaire, il me signe toujours une batterie de mots d'absence en blanc pour ne pas le déranger si je ne me réveille pas un matin. Sacrée preuve de confiance, non ? Le privilège fait pâlir d'envie mes copains de classe. Le pire, c'est que je n'en abuse pas. Je ne sèche jamais, je vais en cours, je travaille, et j'ai de bonnes notes. La solitude a du bon : il paraît que je suis très mûr pour mon âge. Raison pour laquelle mon père peut en venir au cœur du sujet. « Tu es grand maintenant. » Je réprime un mouvement de recul. « Tu peux comprendre, tu vas comprendre… » J'ai même déjà compris, j'ai deviné, je sais ce qu'il veut me dire. Mais je le laisse venir. « Voilà, ce n'est pas une bonne nouvelle mais pour ta sœur et toi, nous pensons que c'est mieux. Alors Maman et moi, nous allons nous séparer… » Ce n'est pas vraiment une surprise. C'était attendu, inévitable. Le mal-être le jour, le bruit la nuit. Les portes, le reste. Les colères des grands. L'angoisse des petits.

Et toujours la même crainte, celle que ma petite sœur entende, se réveille, se lève. Une sorte de rituel nocturne s'est installé. Depuis combien de temps ? Des mois ? Non, plutôt des années. Au moment de m'endormir, je dresse l'oreille. Pour ne pas sombrer, je contemple les posters de mes champions qui décorent les murs, je me récite en chuchotant leurs dernières performances, je revois leurs buts, leurs sauts, leurs smashs. Et au moindre tressaillement, je me dresse d'un bond. J'avance à pas de loup vers la chambre de ma petite sœur, voisine de la mienne. Je pousse sa porte. Ouf, elle dort à poings fermés, blottie sous sa couette. Je referme, rassuré. Je peux m'avancer plus loin dans le couloir pour voir ce qui se passe dans l'appartement, mettre des images sur le bruit. Je le pressens, je le sais déjà, mais je dois le voir. Il faut que j'y aille, que j'intervienne. Parce que je suis responsable. Je suis grand. Mais c'est fatigant d'être grand. Alors oui, au fond, l'annonce de la séparation de mes parents, je ne suis pas sûr que ce soit une mauvaise nouvelle. Je crois même l'inverse, ou je veux le croire. Je devrais être triste et je ne le suis pas. Je me sens même plutôt soulagé. Après tout, la plupart de mes copains de collège ont des parents séparés. Mon pote Benjamin m'a même prévenu : « Si ça t'arrive, tu verras, c'est super ! Tu auras tout en double, deux chambres, deux anniversaires, deux fois plus de cadeaux ! » Ça, ce n'est pas vraiment mon souci, j'ai déjà tout. Sauf le calme. Voilà ce à quoi j'aspire. De la sérénité, une douce quiétude familiale sans aspérités, ni vagues, ni bruit. Bref, du banal, de l'ordinaire, une vie de famille « comme tout le monde », enfin comme je crois que tout le monde en a une.

Pour espérer l'avoir un jour, il faut sans doute que mes parents se séparent. Ce qui m'étonne, c'est plutôt qu'ils aient vécu ensemble aussi longtemps. Quinze ans, c'est long, très long. Pour un enfant, c'est l'éternité. Surtout quand il n'a aucun souvenir de relations apaisées entre son père et sa mère, de vraie tendresse, spontanée, désintéressée. Bien sûr, depuis toutes ces années, tout n'est pas volcanique tout le temps. Mais je suis toujours en éveil, aux aguets, redoutant l'éruption qui approche, le coup de vent qui se lève. « Le calme avant la tempête... » J'ai toujours détesté cette expression. Elle dépeint si bien le climat familial. Un calme toujours précaire, des tempêtes de plus en plus fréquentes. Au fond de moi, je crois que je n'ai jamais compris pourquoi mes parents vivaient sous le même toit. Leur séparation, c'est comme un retour à la normale, un lâche soulagement, presque une libération. Mon père me regarde. « Tu comprends bien sûr ? Toi aussi, tu penses que c'est mieux ? » Oui, bien sûr, puisqu'il le dit. Il me dit aussi qu'il va parler à ma sœur, lui annoncer la nouvelle. « Elle est rentrée de l'école ? » Oui. D'ailleurs, quand je l'ai croisée, ma sœur m'a dit que Maman n'était « pas en forme ». Elle dort dans sa chambre. Tout est normal. Je regagne la mienne.

Mon père pense à tout. Au moment où je quitte son bureau, il me tend *L'Équipe* du jour.

Étendu sur mon lit, je ressasse notre échange. J'essaye de pleurer, je n'y parviens pas. Même pas envie. Alors je souffle un bon coup et je repasse aux choses sérieuses : je me plonge dans la lecture du quotidien sportif.

En haut à droite de la page 13, un titre attire mon attention : « Pierre Quinon met un terme à sa saison ». Épuisé par les sollicitations, laminé par la pression, Pierre a publié un communiqué, diffusé par l'AFP et repris dans le journal. Après un été triomphal qui l'a mené au firmament, il veut couper un peu.

Pour redescendre de l'Olympe, atterrir sans risque, il a besoin de solitude, de repos. Moi aussi. « Je suis entamé nerveusement et physiquement par tout ce que j'ai vécu, explique-t-il. J'arrête ma saison. Mais la vie continue… »

C'est vrai, la vie continue. La mienne va être enfin plus apaisée, plus normale. Pierre a raison, comme toujours.

La cassure

Putain de trou… Pierre est à terre. « P'tain de trou ! » Il a mal et se tient la cheville. Il sait, il a compris. La force de l'habitude. La douleur, l'énervement, les nerfs qui lâchent. « P'tain, mais c'est pas vrai, c'est pas possible ! » Et si, c'est vrai. Sa carcasse craque, son corps le lâche, une fois encore. Un trou dans la pelouse, Pierre qui trottine et ne le voit pas, le pied qui s'enfonce, la cheville qui tourne. Crac ! Encore blessé, encore foutu… L'instant d'avant, tout allait bien. En ce début juillet, le soleil inonde ce stade d'entraînement niçois où il a ses habitudes. À deux pas de cette Méditerranée que Caroline, la jeune fille dont il partage désormais la vie, lui a fait découvrir.

Ils se sont connus à Salon-de-Provence, étudiants dans ces filières d'apprentis champions que l'on appelle sport-études. Tous deux pratiquent l'athlétisme. Pierre est envoûté, Caroline le fait patienter. Séduisante, elle aime plaire sans aguicher. Tout est affaire de suggestion. Le jeune homme se laisse happer. Il la trouve aérienne et rassurante, elle est intriguée par son côté lunaire. Pierre est différent, un rien poète, parfois à côté de la plaque. Comment ne pas craquer pour ce jeune homme au regard doux qui arrive un jour au stade, pour s'entraîner, en pantoufles. En sortant de chez lui, Pierre a oublié de mettre ses chaussures… Comme souvent, il était ailleurs, pensait à autre chose, à Caroline sans doute. « Ça, c'est Pierrot ! » rigolent gentiment ses copains. Caroline habite au Lavandou, ce joli petit village du Var posé au bord de la mer. Elle y a grandi, choyée par des parents pieds-noirs qui y avaient posé leurs valises au retour d'Algérie. Blonde et élancée, elle a entamé une carrière d'athlète prometteuse, brutalement interrompue par… amour. Championne de France junior sur 200 mètres, Caroline s'est blessée en sautant au cou de son amoureux. Assise dans les tribunes pour assister à l'un de ses sauts en compétition, elle s'est précipitée pour le féliciter, a trébuché, s'est brisé la cheville en tombant.

L'accident l'a privée de sélection européenne et de compétitions pour de longs mois. Qu'importe, au fond, tant qu'elle a « son » Pierre rien que pour elle. D'une nature enjouée, aussi volubile que Pierre est taiseux, elle est un point d'appui, une lumière qui irradie ses moments d'angoisse et le libère de ses tourments.

À ses côtés, lui digère la gloire californienne. Il se sent renaître. Cinq mètres cinquante-cinq, cinq mètres soixante. Depuis quelques semaines, sans retrouver les altitudes euphoriques de son titre olympique conquis deux ans plus tôt, il retrouve peu à peu ses sensations. Ce petit rien qui redonne confiance, ce sentiment de bien-être presque imperceptible qui fait dire au champion que cette fois, ça y est, la forme revient, et bientôt la victoire. Si Pierre vole de nouveau perche en main, c'est parce qu'en dehors des stades, il plane. Pour la première fois de sa vie d'adulte, il tutoie une forme de félicité.

Pierre et Caroline sont inséparables. Quand l'un s'inquiète, l'autre rassure ; quand l'une impulse, l'autre suit. Pierre se laisse porter par la brise blonde, aussi bien qu'il sait prendre le vent au moment de l'envol sur le sautoir. Caroline est sa perche. Il sait qu'il peut compter sur elle, qu'elle l'emmènera toujours plus haut. Avec elle, il est en confiance. La jeune fille n'a peur de rien, et sûrement pas de la nuée de journalistes qui s'accrochent dans le sillage de « son » Pierre, toujours en quête d'infos et de confidences depuis que l'athlète a atteint l'Olympe. Pierre est un champion, les médias font partie du décor, il faut faire avec, c'est tout.

Lui supporte toujours aussi mal cette pression insidieuse et permanente. Il peut se tourmenter pendant des heures à la lecture d'un papier relatant un de ses échecs en compétition ou subir de plein fouet, comme une attaque personnelle, les quelques lignes d'un journaliste qui s'interroge sur son état de forme. Caroline, elle, n'en a cure. Elle s'en amuse même. Elle parcourt la presse sans y prêter grande attention. Avec elle, tout devient simple, sans gravité. Elle conserve bien quelques coupures à la gloire de son champion dans un carton à chaussures, mais elle se moque, au fond, de ce miroir déformant qui rend si mal compte de l'authenticité de « son » Pierre. Ils se trompent si souvent ces fichus journalistes, Caroline n'a pas besoin d'observer son reflet dans les journaux pour savoir ce que Pierre ressent vraiment, ce dont il a besoin, et pour comprendre ce qu'elle peut lui apporter.

Quand Pierre n'est qu'excès et passions, Caroline est toute de mesure et de raison. D'un geste, d'une caresse, parfois d'un simple regard, elle apaise ses inquiétudes. Leurs vacances en amoureux au Lavandou, les heures passées alanguis côte à côte au soleil sur la plage, les sorties enfiévrées à Saint-Trop', une complicité de chaque instant transforment Pierre au fil des jours.

Aux côtés de Caroline, tout est si simple, facile, naturel. Pierre se déleste peu à peu de ce qui le plombe, de ces poids qui le rivent au sol. Avec elle, il se sent plus léger, il s'élève.

Maintenant, tout sera plus calme, c'est certain. Et puis plus simple aussi. Mes parents sont séparés. Me voilà comme les autres, comme la majorité de mes copains. Retour à l'ordinaire. Noyé dans la masse, un parmi les autres. Ce lundi-là, quand je retourne au collège, je suis d'humeur badine, allégé d'un poids. D'habitude, je ne parle jamais de ce qui s'est passé chez moi. J'ai passé « un bon week-end » oui, forcément. Rien de spécial. En tout cas, rien à raconter. Il y a bien une chose sur laquelle je m'étale de temps à autre, pour faire un peu le malin, ce sont les matches que je suis allé voir au Parc des Princes, à deux pas de chez mon père. Les arabesques de Safet Susic, les déboulés de Dominique Rocheteau, ça, j'aime bien en parler, c'est vrai. Je ne m'en lasse pas. « Et puis j'étais super bien placé tu vois, en plein milieu des tribunes mais tout en bas, près de la pelouse.

— Ouahhh, l'autre…

— Le deuxième but de Rocheteau, je l'ai vu comme je te vois là, j'étais tout près ! » Les yeux de mes copains roulent comme des calots. « Tu te la pètes un peu, non ? » Moi ? Mais non voyons, pourquoi tu dis ça ? Moi qui suis si timide, si réservé, si discret. Vraiment pas le genre à la ramener. Les matches, les médailles, les exploits de mes champions, c'est bien le seul écho que laisse parfois échapper mon jardin secret. Pour le reste, motus. Rien à ajouter. Mais ce lundi, j'ai envie de parler. J'ai un truc à raconter. Et quel truc !

Il faut que je le partage. À l'heure de la récré, j'attire Mathieu et Benjamin dans un coin de la cour. On se pose sur un banc. Je baisse la voix, et les yeux, j'adopte un ton mystérieux. « Hé ben voilà, les gars, ça y est, mes parents sont séparés. » J'ai lâché ça l'air de rien, fataliste, dans un haussement d'épaules. La nouvelle divise mon public. Benjamin n'en démord pas : « Tu vas voir, tu vas être encore plus libre, tu vas adorer ! » Mathieu, lui, prend l'air affecté, il compatit. « Ouah dur… Ça doit pas être marrant… »

Je joue les gros durs, un rien blasé, pas mécontent de mon effet. « T'inquiète, ça ira, j'en ai vu d'autres… » Je raconte que mes parents ont pris cette décision « d'un commun accord ». J'adore cette expression, « d'un commun accord ». Elle fleure bon le dialogue, la paix conjugale, presque l'harmonie familiale. Alors, je répète, satisfait : « Ouais, d'un commun accord. » D'ailleurs, mon père et ma mère, « ils sont super contents tous les deux ! — Ah ouais, t'es sûr ? » Un rien péremptoire, l'affirmation a l'air de surprendre mes potes. Je me demande bien pourquoi. Évidemment que je suis sûr. Maintenant, mes parents s'entendent très bien. La décision de se séparer a tout aplani, comme d'un coup de baguette magique. Alors je peux commencer à leur expliquer, à ces deux nigauds incrédules, comment ma vie va désormais s'organiser. Mes futurs allers et retours entre mes deux domiciles tout proches l'un de l'autre, trois stations de métro à peine, de part et d'autre du collège. « Hyper fastoche » pour ma petite sœur et moi. Un vrai conte de fées. Ils ont pensé à tout, mes parents, ils sont chouettes quand même ! D'ailleurs, ça commence dès demain soir, avec ma petite sœur on ira chez ma mère. « Parce qu'on ira chaque mardi après l'école, et puis on y retournera le week-end. » Compris ? Mes copains ont l'air surpris. Benjamin fronce les sourcils. Mathieu me dévisage. J'ai dit un truc bizarre ? Benjamin brise le silence : « Mais, mais tu… mais tu restes vivre chez ton père ? » Ben, oui. Mathieu renchérit : « Mais pourquoi tu restes pas vivre chez ta mère pour aller chez ton père le week-end ? » Mathieu ne comprend pas, il ne comprend jamais rien de toute façon. D'ailleurs, quand on joue au foot dans la cour, il n'est pas foutu de rattraper un ballon, ce mollasson.

Pfff… qu'est-ce qu'il peut m'énerver quand il me regarde comme ça ! Et voilà qu'il ouvre encore la bouche : « Ben oui, quoi, tout le monde fait comme ça, normalement, les enfants de divorcés, ils vivent chez leur mère… » Le coup de grâce. Ça veut dire quoi « normalement » ? Elle n'est pas normale ma famille peut-être ? Si justement, puisque mes parents se séparent, comme tout le monde. Donc ma vie, elle devient banale, ordinaire. C'est ce que je viens de leur expliquer. Sauf qu'il y a encore un truc qui cloche, c'est vrai. Ils ont raison. Ma sœur et moi, nous restons vivre chez mon père. C'est bizarre. Qu'est-ce que tu veux que je réponde à ça ? C'est quoi la raison ? Je ne peux pas le dire bien sûr. Est-ce que je la connais vraiment au fond ? Et si c'était ma faute, et si c'était moi qui abandonnais ma mère, qui détournais les yeux ? Je contre-attaque, sans trop y croire : « Mais c'est presque pareil puisque avec ma sœur, on ira la voir très souvent, presque tout le temps… »

J'ai l'impression d'être acculé, coincé dans le box des accusés. Je plaide les circonstances atténuantes. « Et puis, chez mon père, on sera juste à côté, à deux pas, à peine un quart d'heure…

C'est super simple s'il y a un problème... » Je me débats, me justifie, et m'enfonce. Un « problème » ? Pourquoi y aurait-il un problème ? Mes copains me regardent sans mot dire. Benjamin et Mathieu ne me posent plus de questions. Plus besoin, je me les pose tout seul. Les yeux dans le vague, je ne les vois plus, je rumine. Cette boule au bas du ventre, ce sentiment de culpabilité, ils ont visé juste. Pile sur ce qui me chiffonne. Je savais bien qu'il y avait un truc bizarre. Pourquoi je reste vivre chez mon père ? Quelle bonne question... Vu de l'extérieur, ça interroge, ça surprend. Quand on « sait », c'est logique, c'est même sans doute inévitable. Mais qui « sait » ? Qui sait vraiment la vérité, qui connaît l'état réel de ma mère ? Cette vérité, je fais tout pour la dissimuler. Moi-même, je me la cache, je m'applique à ne pas la regarder en face. Et là, elle éclate, toute crue, incontournable, par l'intermédiaire de l'innocente question d'un copain de classe. Non, décidément, chez moi, rien n'est normal.

D'ailleurs un moment, c'est vrai, pendant quelques jours, pour donner le change, je m'étais dit que je pourrais proposer d'aller vivre chez ma mère. Dans ma tête, j'avais échafaudé un plan. Ma sœur resterait habiter chez mon père et moi j'irais m'installer là-bas, pas bien loin, juste de l'autre côté du périphérique. Comme ça, ma mère ne serait pas seule. Et puis, chacun posé de part et d'autre des deux rives, ma sœur et moi, complices, unis, nous maintiendrions une passerelle au-dessus du gouffre creusé au cœur de notre famille.

Cette hypothèse, j'y ai songé pendant les soirs précédant le départ de ma mère. Tout seul dans ma chambre, je regardais le poster de Pierre, dressé, perche en main, au bout de la piste d'élan. J'y cherchais une boussole. Dans son regard concentré, je voulais voir un encouragement à franchir le pas, à prendre le risque. Pour faire preuve de courage, j'avais besoin de son aide. Il m'aiderait à oser, à concrétiser ce qui m'apparaissait comme un sacrifice. Car je m'étais convaincu que c'en était un. Et j'ai vite compris qu'il était au-dessus de mes forces. Pierre n'a pas suffi, il était bien plus fort que moi. Moi, sans oser me l'avouer, je voyais que je ne pourrais pas. Je n'en avais pas envie. Pire, j'avais peur. Peur de me retrouver seul avec ma mère, d'un tête-à-tête lugubre, condamné à assister au naufrage, en témoin impuissant.

Alors, ces pensées, je les ai gardées par-devers moi. Je ne les ai partagées avec personne. Je n'en ai parlé ni à ma sœur, ni à mes parents. Peut-être de crainte aussi que mon père ne finisse par me dire : « Ben oui tiens, très bonne idée, va donc t'installer chez ta mère ! » Lui aussi devait se sentir coupable, c'est sûr. Cela aurait pu l'arranger que j'aille tenir compagnie à ma mère. Il aurait peut-être été soulagé. En fait, dès que je réfléchis un instant, je vois bien que lui aussi sait que c'est invraisemblable. Impossible à mettre en œuvre, ingérable pour ma mère.

D'ailleurs, elle n'en a jamais formulé l'envie. Elle ne me l'a jamais demandé. En fait, on ne s'est rien dit. La séparation a été silencieuse. Ma mère s'est installée dans son nouveau logement, à un kilomètre à peine du nôtre. Comme d'habitude, mon père s'est occupé de tout. Il a tout payé, tout préparé, tout organisé. Il a été parfait, attentionné, presque trop. Un rien mielleux. Cela faisait un bon moment que je ne l'avais pas vu aussi prévenant avec ma mère. Bien sûr, c'est lui qui paye le loyer de son beau petit appartement, lui aussi qui s'occupe de toutes les considérations matérielles. Et ma sœur et moi, nous avons entamé nos transhumances bihebdomadaires.

Le tout premier mardi soir, en débarquant chez ma mère, j'étais franchement joyeux. L'attrait de la nouveauté, une nouvelle vie qui commence. Elle aussi, elle avait l'air contente. Elle nous a accueillis d'un franc sourire. « Entrez les enfants, je vous fais visiter. » Son appartement était petit mais mignon, coquet, bien agencé. J'ai découvert ma nouvelle chambre, simple mais chouette. Comme l'avait dit Benjamin, c'est quand même super d'avoir une deuxième chambre ! Avec une fenêtre donnant sur la cour, j'étais au calme, justement ce que je voulais, du calme. J'étais gâté, une fois encore. Ma sœur aussi était tout excitée. La situation était un peu étrange, incertaine, en apesanteur. Tous les trois, on avait l'impression d'entamer une nouvelle page, presque de commencer une nouvelle vie. Alors, on a tous fait comme si on y croyait vraiment. On s'est appliqués. La preuve, ce soir-là, on s'est beaucoup parlé. Sans prononcer un seul mot sur mon père. Ma mère ne lui a fait aucun reproche, pas de plaintes, ni de récriminations. Ma petite sœur a raconté sa journée de classe. J'ai fait pareil. Les mots se bousculaient. J'étais intarissable. Et ma mère s'intéressait, elle redoublait de questions. Mes cours d'histoire-géo, mes entraînements de foot, mes lectures ? « Et en maths, comment ça va ? » Ouch… J'ai préféré changer de sujet, ça l'a fait rire. Elle a pouffé, un éclat de rire spontané, comme je n'en avais plus le souvenir.

Et puis après le dîner, on a regardé la télé. En famille. Coup de chance, la première chaîne rediffusait un des films préférés de ma mère, *West Side Story*. C'est au moins la quatrième fois que je le vois, je le connais par cœur. Je crois bien que ma mère a un faible pour Richard Beymer, le beau Tony, ce grand brun séduisant qui tente, en vain, de ramener la paix entre les deux gangs, les Jets et les Sharks. Je vois bien qu'elle ne le quitte pas des yeux. Lorsqu'il se jette aux pieds de Natalie Wood et entonne « Maria », ma mère est comme transportée. Elle se met à cligner des yeux. Dans la pénombre, je crois bien apercevoir une petite larme glisser le long de sa joue gauche. De peur qu'elle ne me voie, je détourne le regard. C'est pas mon truc les roucoulades, je suis toujours un peu gêné par le côté sentimental, ça fait vraiment vieux film. Je jette un œil au programme télé posé devant moi. Le film date de 1962 ! Pas vraiment récent… Je réfléchis un instant. Un rapide calcul. Mais oui, bien sûr. Je souris benoîtement à ma mère. Elle détourne la tête de l'écran. « Qu'est-ce qu'il y a ? À quoi tu penses ?

— Non, rien, rien. » Je pense qu'elle avait vingt ans quand *West Side Story* est sorti en France. Ma mère a eu vingt ans et cette évidence résonne en moi comme une révélation. Elle a eu des rêves de jeune fille de vingt ans, des espoirs fous, des amoureux, elle a peut-être même connu un Tony. Et puis, des ambitions aussi. Elle était douée à l'école, curieuse, vive, passionnée de cinéma et toujours un livre sous le bras. Elle a eu vingt ans et c'est peut-être à ce moment-là qu'elle a songé pour la première fois à avoir des enfants plus tard, à fonder une famille. Je refais mes comptes : elle a eu vingt ans et elle ne connaissait pas encore mon père.

Un jour, bientôt, moi aussi j'aurai vingt ans. En attendant, j'en ai cinq de moins et ce que je préfère dans *West Side Story*, ce sont les bagarres. J'aurais tellement aimé faire partie des Jets. J'adore le chef, Riff, le petit nerveux rigolo. Mais mon idole, c'est son second, le grand brun ténébreux à la mèche romantique, Ice, celui qui ne s'énerve jamais, sait gérer ses émotions et ramène le calme dans sa bande. Ah, voilà la fameuse scène du garage, ma préférée, Bernardo et Riff se sont entretués, la police tourne dans le quartier, les Jets sont en panique, c'est la débandade, et Ice surgit. Il ramène l'ordre dans la troupe en claquant des doigts : « Boy, boy, crazy boy / Get cool boy / Got a rocket in your pocket ? / Keep cooly cool, boy / Don't get hot. » Je claque des doigts. Oui, « keep cool boy », tout va bien. Maman est en forme.

Pierre, lui, n'a pas vu le trou. « P'tain, j'suis trop con ! » Le diagnostic tombe vite. Entorse de la cheville. De nouveau des semaines d'indisponibilité, de repos forcé à la maison. L'éclaircie a été de courte durée. La parenthèse aux côtés de Caroline éphémère. Depuis quelques mois, Pierre s'est mis à la musculation. La carrure du Soviétique Bubka impressionne. Ses épaules de déménageur, ses biceps de forçat semblent dessiner le portrait-robot de l'athlète parfait de cette fin de siècle. Pour repousser la concurrence, le frêle Pierre a décidé de s'endurcir. Il soulève des barres, des tonnes de fonte. Lui qui jusque-là sautait en s'appuyant sur sa vitesse et planait comme une plume décide de miser sur la force et le muscle. Il y voit la garantie de durer, il ignore que ce changement de cap causera sa perte.

Car son corps ne suit pas. Il le lâche. On ne change pas la nature d'un athlète, pas plus qu'on ne modifie celle d'une âme. Alors, les accidents s'enchaînent, les petites douleurs anodines qui virent au casse-tête, les torsions, les froissements, les entorses. Son corps lui fait mal dès le réveil, l'alourdit et ne le laisse pas s'endormir en paix. Pour la première fois, Pierre subit son corps. Il était son allié, son meilleur ami, son outil. Le voici devenu un poids. Une multitude de compétitions se dérobe : Championnats de France, Championnats d'Europe, Championnats du monde, à chaque fois, Pierre doit déclarer forfait. Il reste à quai, abandonné sur le tarmac, à regarder les autres perchistes s'envoler, sans lui. Deux ans déjà se sont écoulés depuis le titre olympique. Deux ans de galères, de rendez-vous manqués, de blessures à répétition. La cheville, le mollet, le dos, la cuisse… Deux ans de malchance. Et la tête ? Elle ne va guère mieux. Pierre est épuisé, accablé.

Pourquoi lui ? Que paye-t-il ? Pourquoi tant de coups du sort ? D'ailleurs, est-ce vraiment de la malchance ? Ne serait-ce pas plutôt une sorte de retour à l'ordre, à la normale, le verdict d'une implacable justice immanente ? Pierre s'interroge. Les questions se bousculent. Et si le destin se vengeait ? Là-haut, « on » sait, c'est sûr. « On » le regarde, « on » a compris, « on » a découvert l'imposture. « Cette médaille d'or, je ne la méritais pas, elle n'était pas pour moi… » Ce jour-là, ce 8 août 1984, la cuisse endolorie avait tenu, le vent soufflait dans le bon sens, Bubka était absent, bref, la baraka l'avait porté. C'était un miracle. Et c'est fini.

Dès le retour de Los Angeles, Pierre a commencé à s'en convaincre. Du jour au lendemain, l'euphorie a cédé la place à la lassitude. Épuisé, il a fui les flashes et les caméras, s'est enfermé chez lui. Pourquoi pavoiser ? Pas de raison de s'exhiber, pas de quoi être fier. Trois jours durant, il a plongé. Seul, enfermé dans sa chambre. Caroline grattait à la porte. Il ne voulait pas lui ouvrir. Et puis, le quatrième jour, la porte s'est entrouverte. Et la jeune femme l'a tiré du gouffre. Elle l'a emmené au soleil du Lavandou, sur ses terres, au pied du massif des Maures. S'éloigner, prendre du champ, se retirer juste au moment où tous se pressent autour de lui. Le choix de Pierre a surpris son entraîneur. « Tu es sûr ? Il y a plein de meetings à venir, tu vas pouvoir monnayer ta médaille… » « Monnayer » ? Le terme le fait bondir. Et pourquoi pas « rentabiliser » sa victoire ? Pierre n'est pas un chasseur de primes. La presse découvre un afflux de « nouveaux pauvres » aux portes de Paris, l'abbé Pierre ressurgit sur les écrans, trente ans après son premier appel, et exhorte une nouvelle fois à la mobilisation contre la misère, Coluche lancera bientôt les Restos du Cœur. Et lui, Pierre, on le couvrirait de fric pour avoir remporté une compétition prestigieuse ? L'indécence de la proposition lui soulève le cœur. D'ailleurs, un titre olympique n'a pas de prix. C'est un accomplissement, pas une source d'enrichissement. En revanche, il a un poids. Un poids qu'il peine à supporter. Alors oui, il est sûr qu'il veut prendre du champ. Pierre ne sera décidément jamais un athlète comme les autres. Il fuit la célébrité. Au soleil du Var, aux côtés de Caroline, il retrouve de l'oxygène. Pendant des semaines, les deux tourtereaux vivent en vase clos. L'un pour l'autre, loin des autres. Elle le réconforte, le reconstruit et Pierre se laisse porter. Jusqu'au moment où cette félicité en duo ne lui suffit plus. La perche s'impose de nouveau comme un manque, voler comme une nécessité. L'appel du ciel.

Après une longue coupure, Pierre finit par rechausser les pointes. Sauter ? Il ne sait faire que ça, il ne veut faire que ça. Alors, il part pour une longue virée aux États-Unis. Plein d'espoirs. Auréolé de son titre olympique et attendu au tournant par tous ceux qui l'avaient vu quelques mois plus tôt humilier les perchistes américains sur leurs terres. *Long is the road.*

Mais la tournée vire au cauchemar. Six meetings à la chaîne pour autant de défaites. Des zéros pointés, des échecs spectaculaires, loin, de plus en plus loin de la concurrence. Il traîne la jambe, ses muscles douloureux lui pèsent, et Pierre en veut à ce corps qui ne le porte plus.

Le soir, de retour dans sa chambre d'hôtel, Pierre, seul, lit Boris Vian. Il dévore *L'Écume des jours* et se laisse porter par l'imagination débordante du poète. Pierre se hasarde dans l'univers fantastique de Colin. Il tente de se convertir à l'insouciance du jeune héros du roman, s'efforce de suivre le fil de ses élucubrations, se laisse porter par ses rêves : « Il souriait souvent d'un sourire de bébé, et, à force, cela lui avait fait venir une fossette au menton. Il parlait doucement aux filles et joyeusement aux garçons. Il était presque toujours de bonne humeur, le reste du temps il dormait. » Colin, mais c'est lui bien sûr ! Pierre s'endort en rêvant de Caroline sous les traits de Chloé, « les lèvres rouges », « les cheveux frisés et brillants », « l'air heureux, et sa robe n'y était pour rien ». Pierre s'imagine jouant du « pianocktail », cet improbable instrument né de l'esprit inventif de Colin et qui prépare un breuvage qui a « le goût même de la musique que l'on joue sur lui ».

Les paroles de Duke Ellington résonnent dans son sommeil. « Someone's calling no reply / Nightshade's falling, hear him sigh / Chloe ! Chloe ! Empty spaces in his eyes / Empty arms outstretched, he's crying. »

Et quand Pierre embrasse Caroline, le reste du monde compte pour du beurre.

Et puis soudain, Caroline se met à tousser, la chambre de Pierre rétrécit à mesure que le nénuphar envahit les poumons de sa belle. Caroline suffoque, Pierre étouffe. Il se réveille en sursaut. En sueur, il saute sur ses pieds, va de la fenêtre au lit, puis du lit à la fenêtre. « Qui suis-je réellement ? Un champion ? Mais c'est quoi, un champion ? » Les lumières des gratte-ciels de Manhattan éclairent sa chambre. Pierre jette un œil en contrebas, sur les voitures miniatures qui se pressent trente étages plus bas : « Non, je ne suis pas digne d'être champion olympique. » Son titre est devenu un fardeau, sa notoriété le ronge, la joie de sauter s'est évanouie. Ces angoisses, il les connaît. Il en pressent l'imminence. Il les sent monter, l'imprégner peu à peu, s'imposer sans qu'il parvienne à s'y opposer.

Ce jour-là, c'est sûr, je vais enfin voir Pierre. En vrai, comme on dit. Mon père m'emmène au stade Jean-Bouin, tout proche de chez lui, une petite enceinte sportive lovée au pied du temple que je fréquente d'ordinaire, « le Parc ». Jean-Bouin, en revanche, c'est une première. La proposition de mon père m'a surpris. Je ne m'attendais vraiment pas qu'à ce qu'il me traîne à un meeting d'athlétisme. Ces dernières semaines, je ne l'ai pas beaucoup vu. Toujours à son bureau, jusqu'à des heures tardives, ou en déplacement à travers le pays, le boulot, encore le boulot. Mes parents sont séparés depuis quelques mois seulement. Au début, mon père avait presque l'air soulagé de nous envoyer chez ma mère, ma sœur et moi. Comme libéré, lui aussi, d'un poids. Et puis, il a eu beau avoir du mal à l'admettre, il a vite compris que passées les toutes premières fois, les soirées chez ma mère ont repris leur train-train sinistre. Pendant que mon père jouit de sa liberté retrouvée, ma sœur et moi sommes replongés chaque semaine dans la même torpeur dépressive. Alors, comme souvent, pour se rattraper, mon père m'a proposé de m'emmener au stade. Il faut dire que ça marche à chaque fois. Rien de tel pour me remonter le moral. En ce début de soirée, il fait encore jour. L'été commence à peine et les rayons du soleil couchant dardent la piste d'athlétisme.

100 mètres, 400 mètres, saut en longueur, et bien d'autres, une foultitude d'épreuves se succèdent au fil des heures, mais je ne suis venu que pour une seule d'entre elles, le saut à

la perche. Et pour un seul champion, Pierre, évidemment.

Je vais enfin le voir, le découvrir, l'admirer de près. Je suis assis à quelques mètres de la piste. Un stade, en vrai, c'est quand même mieux qu'une petite télé qui scintille dans la nuit corse. Tout à coup, mon père me souffle : « Ah, regarde là-bas, le concours de saut à la perche va commencer… » J'écarquille les yeux. Mon cœur bat plus vite. En bout de piste, un groupe d'athlètes en short s'échauffe. Je cherche Pierre du regard. Un grand blond en maillot, un brun costaud en rouge, un autre sauteur élancé à la longue chevelure bouclée, mais pas trace de mon héros. Où est Pierre ?

Mon père me tire par la manche : « Tiens, le voilà le Français, il est juste là !

— Où ça, où ça ? »

Il pointe le doigt vers la piste : « Mais là, en bas de la tribune, juste devant toi… »

Je ne vois qu'un grand blond maigrelet avec une coupe au bol. Je déteste cette coupe de cheveux, c'est celle que me faisait ma mère quand j'étais en primaire. Perche en main, l'athlète s'avance sur le tartan. « C'est lui, là, Thierry

Vigneron. » Je blêmis. Mon père s'inquiète : « Ça va ? Tu es tout pâle… » Je reprends mes esprits. « Mais Quinon, il est où Pierre Quinon ? » Mon père m'achève : « Il n'est pas là, je crois qu'il est blessé. » Coup de grâce. Fin du monde. Blessé à la cuisse, Pierre a déclaré forfait quelques heures avant le meeting. Encore un rendez-vous raté. Entre Pierre et la compét', entre Pierre et moi. La soirée est foutue. Je n'arrive pas à m'intéresser à la suite des épreuves. Je passe le reste de la soirée les yeux dans le vague. Mon père s'agite un peu à mes côtés. Plus rien n'a d'importance. Tout à coup, une gigantesque clameur perce le brouillard de mes pensées. Mon père hurle : « Incroyable, incroyable ! Historique ! T'as vu, non mais t'as vu ? » Même pas. Je fronce les sourcils. En bas sur la piste, j'aperçois un grand brun musclé aux larges épaules, maillot rouge moulant et short blanc échancré, qui fait des bonds de joie. Il court dans tous les sens, les bras levés, suivi par une nuée de photographes. La foule est en liesse. Mon père applaudit en cadence. Sur un anneau au bord de la piste, en énormes lettres noires sur fond blanc, je vois inscrit le nombre « 155 », et en dessous « 6.00 ».

Je finis par comprendre. Pour la première fois de l'histoire, un homme vient de franchir six mètres en se propulsant avec une perche. Le dossard 155 est porté par le jeune Soviétique Sergueï Bubka. C'est lui qui a franchi cette hauteur mythique, c'est lui qui a réussi l'exploit. Pas Pierre. Je n'ai même pas regardé le saut de Bubka. J'étais ailleurs. Perdu.

Les six mètres, c'était pour Pierre, j'en étais convaincu. C'est lui qui devait entrer dans l'Histoire. N'était-il pas le premier perchiste à avoir osé défier cette barre mythique ? C'était deux ans plus tôt, le 28 août 1983, à Cologne. Ce jour-là, en atteignant cinq mètres quatre-vingt-deux, il avait battu le record du monde. Dans la foulée, tout à son euphorie, il avait demandé aux officiels ébahis de fixer la barre à six mètres. Tout le stade l'avait regardé s'élancer en le prenant pour un fou. Il avait échoué assez nettement, mais il s'en fichait. C'était pour le plaisir, la beauté du geste. Pour la folie. Pour que dans les livres retraçant la saga de l'athlétisme, son nom apparaisse à jamais comme celui du perchiste qui aura, le premier, tenté de franchir six mètres.

Son record du monde, Pierre se l'est fait chiper par un autre trois jours après le meeting de Cologne, ce satané Vigneron avec sa coupe de cheveux ridicule. Le 1er septembre, à Rome, celui-ci franchit cinq mètres quatre-vingt-trois, un centimètre tout juste de mieux que Pierre. Au sommet des palmarès, un Français chasse l'autre et toute la presse n'a d'yeux que pour celui que j'aime le moins. Qu'importe pour Pierre. Au fond, il n'a que faire des honneurs, des remises de trophées qui plaisent tant aux dirigeants. D'ailleurs, les huiles de l'athlétisme l'agacent. Qu'ont-elles fait pour lui depuis son titre olympique ? Rien, ou si peu. Des sollicitations pour des inaugurations, des cocktails, des « événements » comme disent les officiels de la Fédération d'athlétisme, ça, il en reçoit par brouettes entières et il les refuse. Ce que recherche Pierre, ce sont des assurances, du concret, des perspectives. De quoi assurer ses lendemains. Parce que avec Caroline, il commence à faire des projets d'avenir. Fonder une famille, qui sait, avoir des enfants ? Il a besoin d'une corde pour s'arrimer au monde. Les mains qui se tendent demandent des autographes. Pas une pour lui offrir un vrai job, pour l'aider vraiment.

Pierre se sent seul, fatigué. Au moment de commenter l'exploit de son rival Bubka, il laisse affleurer son dépit : « Je l'en croyais capable. Je voulais relever ce défi avant lui. Pour moi, c'est un rêve qui s'écroule[1]. »

Pour moi aussi.

Je rentre chez mon père, la tête basse. Je n'ai toujours pas rencontré Pierre. J'ai raté mon rendez-vous avec mon héros. Et Pierre a raté le sien avec l'Histoire.

---

1. *Le Paradis bleu de Pierre Quinon*, Alain Billouin, Solar Éditions, 2013.

L'exil

Pierre y a cru jusqu'au bout. Jusqu'à la dernière seconde, l'ultime tentative. Quatre ans après l'apothéose de Los Angeles, il s'était lancé un défi : défendre son titre olympique aux Jeux de Séoul. La lueur fragile qui scintillait encore au bout d'une route d'embûches. L'objectif qui le maintenait debout, malgré les épreuves.

Cet horizon olympique, Pierre y croyait tellement que quatre mois avant la compétition, il est allé repérer les lieux. Il a embarqué pour la Corée du Sud avec son copain décathlonien William Motti et leur entraîneur commun, Jean-Claude-Perrin. L'équipage a vadrouillé deux semaines durant à travers les installations olympiques : l'aéroport, les transports en commun, le stade, et même le village où doivent loger les athlètes du monde entier. Le trio a tout passé en revue. Pierre a pris ses quartiers avant l'heure. Tout juste s'il n'a pas déjà choisi sa chambre… Un rien fanfaron, il a répété pendant des jours à son copain William : « T'inquiète pas, tu vas voir, on va y aller aux Jeux olympiques ! J'en suis certain ! »

D'ailleurs dès que quelqu'un en doute, lui rappelle ses blessures ou s'inquiète de ses échecs, Pierre s'emporte. Son côté impulsif reprend le dessus. Évidemment qu'il va se qualifier pour les Jeux de Séoul ! Que pourrait-il bien lui arriver ? C'est vrai quoi, il est champion olympique en titre, quand même !

Pierre cherche d'abord à se convaincre lui-même.

Il le sait depuis des mois : trois perchistes français, pas un de plus, seront sélectionnés pour participer aux Jeux olympiques de Séoul, la plus prestigieuse des compétitions, l'apothéose d'une carrière, le rendez-vous inscrit tous les quatre ans dans la vie d'un champion. Malgré le genou en vrac, la cheville en capilotade, les ligaments fragilisés, quatre ans de coups du sort et de tourments, Pierre est bien décidé à mériter sa place. Il s'entraîne d'arrache-pied. Il met de nouveau son corps à l'épreuve, repousse ses limites, sans jamais rechigner à se faire mal.

Les efforts semblent payer. À mesure qu'approche l'heure du verdict, l'espoir renaît.

Bien sûr, Pierre est encore loin d'avoir renoué avec l'euphorie de l'été 1984. Il n'a pas retrouvé la légèreté de cette période faste qui l'avait fait roi du monde. Ses sauts sont encore laborieux, il rudoie ses muscles, il pioche, rien n'est simple, mais enfin, il décolle. Cinq mètres cinquante, cinq mètres soixante, cinq mètres soixante-cinq, il flirte avec des hauteurs dignes de son prestige passé. Et si l'athlète déchu pouvait renaître ?

Le rendez-vous est fixé au 14 août, ce mois qui est pour Pierre celui de toutes les résurrections. Tout doit se jouer à Tours lors des Championnats de France. C'est cette compétition, et seulement elle, qui désignera le trio de perchistes que la France enverra en Corée du Sud. Pierre s'est préparé comme jamais. Il se sent regonflé à bloc. Au fond de lui, il le sait : ce sera la renaissance ou la « petite mort », celle de l'athlète de haut niveau qui s'oriente vers une retraite sportive anticipée car il sait que plus rien ne sera comme avant. Et qui ne veut pas se voir régresser.

Dans la presse, bravache, il assume ce quitte ou double : « J'ai quelques semaines pour gagner ma sélection, sinon j'arrête ma carrière[1]. » Mais Pierre se le répète, lui, le compétiteur hors pair, saura saisir sa chance.

Une semaine plus tôt, sur un petit stade d'entraînement du bassin d'Arcachon, n'a-t-il pas franchi cinq mètres soixante-dix ? Une performance qu'il n'avait pas rééditée depuis tant d'années… L'espoir est à portée de mains, celui d'une seconde chance, d'une seconde vie.

Le jour dit, rien ne se passe comme prévu. La cuisse le tire, comme à Los Angeles, le vent souffle, comme à Los Angeles, Pierre prend des risques insensés, comme à Los Angeles. Mais, cette fois, il échoue. Une barre effleurée du talon qui oscille sur les taquets des poteaux, une seconde d'incertitude, le destin qui retient son souffle, et Pierre qui retombe lourdement sur le matelas de réception, entraînant avec lui la barre et ses dernières espérances.

1. *L'Express*, 22 avril 1988.

À quoi tient la réussite ? À quoi tient la chute ?

Tout s'est joué sur un coup de dés. Cette fois encore, ils ont roulé du mauvais côté. Pire, trois jours plus tard, lors d'un meeting en Suisse, il franchit cinq mètres soixante, une altitude qui l'aurait envoyé sans coup férir aux Jeux de Séoul. Trop tard, les délais impartis sont écoulés. La Fédération est impitoyable et la performance n'est pas prise en compte. Le règlement, c'est le règlement ; circulez, il n'y a plus rien à voir ! Ni faveur, ni passe-droit, pas même pour services rendus à la Nation.

À Los Angeles, sa victoire a été célébrée par les officiels de l'athlétisme français comme un exploit historique. *La Marseillaise*, le drapeau tricolore surplombant le Stars and Stripes, le pays lui octroyait un statut de héros patriotique.

Quatre ans plus tard, les mêmes l'enterrent. Sans fleurs ni couronnes. Ils rayent son nom d'un trait de plume. Pierre ne figure pas dans la liste des athlètes français sélectionnés. Détenteur du titre, il n'est pas autorisé à aller le défendre à Séoul. Tout juste est-il repêché parmi les remplaçants susceptibles d'être rappelés au dernier moment pour pallier l'absence d'un perchiste qui se blesserait avant la compétition. Remplaçant, au cas où… Une humiliation de plus. Pierre se sent victime d'un système qui ne l'a jamais aidé, et même jamais aimé, pense-t-il. « Moi, on ne m'a jamais fait de cadeau. » Cette formule sans appel, il la répète à tout va. À Caroline qui s'inquiète de ses sautes d'humeur, à son coach Jean-Claude Perrin qui se désespère de le voir lâcher, à son père, Henri, qui ne peut pas s'empêcher de fourrer son nez d'un peu trop près dans sa carrière déclinante.

Pierre rumine, Pierre s'incline. Il réagit comme il le fait à chaque coup dur : il se replie sur lui-même, ferme les écoutilles et écope pour ne pas chavirer. L'ingratitude des caciques le plombe, les conseils paternels lui pèsent, alors il s'éloigne. Il s'en va sans se retourner et s'évanouit dans la nature. Mais vingt-six ans, c'est beaucoup trop jeune pour vivre de souvenirs.

Perdu de vue. Porté disparu. Où est Pierre ? Je le cherche. J'épluche chaque jour le journal *L'Équipe,* je tourne fébrilement les pages en quête d'une trace, d'une preuve de vie. En vain. Chaque dimanche en fin de journée, je guette la moindre image d'athlétisme dans l'émission Stade 2, unique rendez-vous télévisé hebdomadaire pour rassasier les amoureux du sport. Il n'y en a que pour Bubka, ce perchiste ukrainien qui survole la discipline et bat des records du monde à la pelle. Mais pas un mot sur Pierre. Rien depuis ces quelques lignes qui m'ont annoncé qu'il n'était pas sélectionné pour les Jeux de Séoul. C'était le journal du samedi 20 août. Comment oublier cette date funeste ? J'ai gardé l'exemplaire comme une relique, pliée en quatre au fond d'un tiroir. Cette issue malheureuse, je la redoutais, mais je ne voulais pas y croire. Impossible d'imaginer mon héros défaillir et chuter de son trône, de croire le pays capable de l'évincer sans remords, sans faire preuve de reconnaissance envers un tel champion.

Depuis des mois, je souffre avec lui. Ses blessures semblent rejaillir sur ma propre forme. Quand je lis que Pierre a mal au dos, je me sens soudain endolori. Si j'apprends qu'il s'est foulé la cheville, j'ai du mal à boucler un tour de piste en cours de sport.

Et puis un jour, chez moi aussi, un médecin surgit. Depuis quelques jours, j'ai un peu de mal à marcher. Je suis rentré de l'école en traînant la jambe. Pas de chute, ni de choc, pas de chahut dans la cour, bien sûr que non, je suis si sage, mais une douleur insistante, lancinante, ça tire dans le genou droit lorsque je déplie la jambe. Le docteur a de grosses lunettes en écailles et une petite mallette en cuir. Il en sort un stéthoscope et une batterie d'instruments. Il m'ausculte en silence. Il affiche un air grave, concentré, fronce les sourcils de temps à autre. Prend mon pouls, tapote sur mon genou, plie puis déplie ma jambe. Aïe. Au bout d'un moment, il griffonne quelques lignes sur une feuille et la tend à mon père. « Il faut lui faire une prise de sang. En attendant, il doit rester au lit. » Une prise de sang, bigre, les choses sérieuses, quoi.

Presque aussi sérieuses que pour Pierre. J'ai lu la veille qu'il venait de se faire une entorse du genou à l'entraînement. Une blessure de plus. Le genou a tourné au moment de l'impulsion, le verdict est sans appel.

Le mien tombe quelques jours plus tard, avec les résultats des analyses de sang. Une suspicion de « rhumatisme articulaire ». À voir la tête de mon père, je comprends que ça l'inquiète un peu. Lui qui d'ordinaire prend tout ou presque à la légère, il se rembrunit. J'apprends qu'un lointain cousin, dont j'ignorais l'existence, a souffert de la même chose et qu'il faut « faire très attention pour éviter que ça ne dégénère ». Je suis un peu surpris car la douleur me semble vraiment très légère. Mais bon, je suis obéissant. J'écoute la parole des grands. Je leur fais confiance. S'il faut faire attention, je ferai attention. Le médecin a été clair. Je dois rester un mois au lit, dans ma chambre. Un mois sans école. Un mois sans aller chez ma mère. Il faut que je l'appelle pour la prévenir. Un poids me tord le ventre au moment de saisir le téléphone. Un étrange mélange de culpabilité, et de soulagement. Elle habite tellement près, à quelques centaines de mètres, la douleur dans mon genou est si faible que je pense que je pourrais vraiment y aller. Mais le docteur a été ferme. Un mois sans bouger. Sous peine de complications, a-t-il ajouté. J'ai pris l'air contrit. Pourtant, je crois bien que ça m'arrange.

Quand j'annonce au téléphone à ma mère que je ne pourrai pas venir la voir pendant plusieurs semaines, elle ne se plaint pas. Elle n'accuse pas plus mon père de vouloir me garder auprès de lui.

Elle prend acte. Sans se formaliser. Elle se montre même très prévenante, soucieuse de mon état :

« Sois prudent, fais bien attention à toi…

— Ne t'inquiète pas, je t'appellerai tous les jours Maman. Et puis un mois, c'est vite passé… »

Pierre en a pris pour trois fois plus. Trois mois d'indisponibilité pour se remettre de son entorse du genou. Les ligaments ont été touchés et le voilà privé de perche pendant tout un trimestre supplémentaire.

« Tu as raison, un mois, ça passe vite, et puis ta sœur viendra me voir… »

Le nœud invisible me serre l'estomac. Ma sœur… Je n'y avais pas pensé. Le poids de la culpabilité me leste un peu plus. Je lui inflige déjà d'interminables parties de foot dans le couloir avec une paire de chaussettes roulée en boule en guise de ballon et l'embrasure d'une porte pour tenir lieu de but pour le gardien ; j'ai même inventé un ersatz de hockey avec deux bâtons et une petite balle en mousse, et voilà que je m'apprête à l'abandonner.

La pauvre supporte mes sollicitations, me passe tous mes caprices, endure mes jeux les plus saugrenus, elle y participe même de bonne grâce, et voilà que je la laisse tomber.

Pendant un mois, ma petite sœur va aller, seule, éponger le spleen de ma mère, passer à ses côtés ces soirées sépulcrales, ces nuits chaotiques au bord du précipice où tout semble pouvoir basculer. Un mois, ça ne passe pas toujours vite. Chez ma mère, le temps s'écoule plus lentement.

Alors chaque dimanche soir pendant quatre semaines, je guette le retour de ma petite sœur. Quand je l'entends dans le couloir regagner sa chambre, je l'appelle. Elle me rejoint :

« Ça va, tu as passé un bon week-end chez Maman ? »

Ma sœur me raconte quelques parties de jeux de société, la prestation de Madonna dans une émission de variétés, les cassettes des films d'Hitchcock regardés à la file. J'admire son air détaché. Presque enjoué. À l'écouter, c'était vraiment chouette, sympa, léger. « Normal. »

De mon côté, je m'applique à rester bien calé au fond de mon lit, immobile. Façon de montrer que, hélas, je ne peux pas bouger. C'est dire si je regrette de n'avoir pas pu venir…

Et puis je lui pose la question rituelle, celle qui me brûle les lèvres à tout moment.

« Et ça va Maman, elle est en forme ? »

La formule est sortie comme ça, spontanément.

Un nuage mélancolique passe devant les yeux de ma sœur. Son visage se ferme. Mon cœur accélère. Elle desserre les dents :

« À ton avis… ? »

Boum ! Touché. À mon avis, non, bien sûr, je sais bien qu'elle n'était pas en forme. J'ai voulu croire l'inverse, j'ai fait comme si, mais je devine l'atmosphère mortuaire dans laquelle ma petite sœur a baigné pendant deux jours. Et je n'étais pas là. Je me suis défilé. Au lieu de rester à ses côtés, pour la protéger, j'ai passé le week-end seul dans ma chambre. À jouer au basket. En face de mon lit, j'ai accroché au mur ma poubelle à papiers dont j'ai découpé le fond en plastique. L'arc de cercle forme un panier. J'ai passé des heures à lancer une balle de tennis dans sa direction. J'ai vite pris le tour de main. 2, 4, 6, 8… Au début, je comptais chaque point marqué. Et puis le geste est devenu mécanique. La balle qui entre dans la poubelle, rebondit sur le parquet de ma chambre, et me revient dans la main. 10, 12, 14… Je l'ai lancée pendant des heures, machinalement. L'espace d'un week-end, me voilà devenu basketteur, marchant sur les traces de Richard Dacoury, une autre de mes idoles, le numéro 7 mythique de l'équipe du CSP Limoges.

Pierre disparu, envolé, je n'étais plus champion olympique de saut à la perche. Je n'étais plus non plus un grand frère. Juste un gamin un peu lâche qui se raccroche à ses champions.

Pierre réapparaît à Bordeaux. Je le retrouve au détour d'un reportage publié dans *L'Équipe magazine*[1]. Photographié dans un gymnase, il est assis en tailleur devant des haltères, porte un tee-shirt Adidas, et arbore un franc sourire. Accroché au mur derrière lui une affiche de créatures de science-fiction sous le titre « Monsters of the Universe » et deux posters, l'un de Thierry Vigneron, l'autre de Sergueï Bubka. Pas de trace du champion olympique 1984, ni de l'évincé de la sélection de Séoul. Un titre, « Quinon a fait toute la lumière sur lui-même », et les premières lignes du papier me font

1. *L'Equipe magazine*, numéro 417, 8 juillet 1989.

soupirer d'aise : « La gloire c'est du passé. Pourtant le perchiste vedette de Los Angeles est bien dans sa peau, bien dans sa nouvelle vie. Trop jeune pour la retraite des dieux, trop mûr pour fantasmer, il ne sait plus s'il redeviendra un super. L'homme, lui, s'est retrouvé. » Pierre est vivant, bien vivant. Et il semble aller bien.

Bordeaux, Pierre y a fui avec Caroline et leur enfant, le petit Robin, à peine deux ans. Il a claqué la porte du Racing, le club qui l'a fait roi, sur un coup de tête. Aux dirigeants, il demandait un job, des assurances pour reprendre le fil de sa carrière tourmentée et pouvoir recommencer à sauter l'esprit libre. Les engagements fermes se sont faits promesses évanescentes, les gestes espérés ne sont jamais venus. Pierre en a eu marre. Marre de supplier, de quémander, d'attendre en vain. Le champion a sa fierté, elle lui a commandé de partir.

Caroline a bien essayé de lui faire entendre raison. « Tu es sûr de toi ? Attention, nous sommes une famille maintenant… » Elle a appris à canaliser les élans de Pierre, à gérer ses accès d'enthousiasme comme ses rechutes brutales.

Avec un enfant, cette instabilité la soucie davantage.

Justement, c'est parce qu'il a désormais un fils que Pierre a besoin d'autre chose et envie d'ailleurs. Le Racing, son maillot ciel et blanc, son coach mythique, c'était tout, le succès, la renommée, les années de gloire, mais aussi l'impossible digestion de l'apogée californienne et de l'échec coréen. Ce départ est une blessure, une de plus. Mais il promet aussi une nouvelle tentative de vivre, pour de bon. *Reset.*

Adieu la grisaille parisienne et l'ingratitude des puissants, place à la chaleur du Sud-Ouest et à la douceur de vivre. À Bordeaux, Pierre ne connaît quasiment personne. Il n'a ni racines, ni attaches, ni relations, rien. Les liens avec ses parents se distendent. Pierre sent que sa carrière décline et n'a guère envie qu'Henri s'en préoccupe d'un peu trop près. Quant aux précieuses attentions de Jeanine, dans un premier temps, le téléphone suffira. Il fonctionne intensément et voilà Pierre chef de famille, la tutelle maternelle peut se relâcher. Les temps sont incertains et Pierre veut s'affranchir d'une pression familiale supplémentaire.

Il débarque en Gironde au volant de sa Oldsmobile rouge, modèle 1954, la grosse voiture américaine achetée sur un coup de foudre à Los Angeles au lendemain de sa victoire avec la prime empochée pour son titre. Une grosse bagnole un peu clinquante comme seul vestige de son triomphe olympique. Pour le reste, il est libre. Pas de bagages, ni passé, ni passif. Même la médaille d'or ne l'a pas suivi. Elle est restée chez son père, à Salaise. Bordeaux, une terre vierge pour tout recommencer. Une terre d'hommes de parole, aussi. Une de ses connaissances lui a fait miroiter un boulot et pour une fois, l'opportunité se concrétise. Pierre rejoint une société d'édition et de publicité. Enfin un job solide qui lui permet de reprendre l'entraînement l'esprit libre. Caroline décroche un beau poste à la mairie de Bordeaux et les fins de mois du couple se font plus tranquilles.

Pierre loue une maison landaise à quelques encablures de la cité girondine, entre vignes et champs de maïs. Il se plaît à retrouver l'anonymat. À peine installé, voilà pourtant que la Patrie se rappelle à lui. Les officiels se manifestent, on veut remettre une récompense à l'arrivant, mais cette sollicitation-là le fait rosir de fierté. La Légion d'honneur ! Jacques Chaban-Delmas tient à le décorer lui-même. Celui que les chroniqueurs politiques prennent plaisir à surnommer le duc d'Aquitaine achève son huitième mandat de maire de Bordeaux, un long règne de près d'un demi-siècle. Ancien sportif de haut niveau, licencié jadis en tennis sous le même maillot ciel et blanc du Racing que porta Pierre, l'ancien Premier ministre admire le champion olympique. Il le fait venir dans la majestueuse enceinte médiévale du palais Rohan qui abrite l'hôtel de ville et lui remet les insignes de chevalier de la Légion d'honneur. La récompense fait la fierté de toute la famille. Et l'accueil de la région regonfle Pierre. Il se sent revivre et multiplie les projets. Quand les nuages se dissipent, Pierre a tôt fait de céder à la folie des grandeurs. Il achète une autre maison à deux pas de celle qu'il occupe à Camblanes, sur la rive droite de la Garonne, une bâtisse de pierres gigantesque et luxueuse. Il se lance dans des travaux pharaoniques.

Pierre voit trop grand, parce qu'il se sent bien. Il s'est placé sous la coupe d'un coach rassurant, presque paternel. Georges Martin le prend en charge et tente de chasser ses doutes. Pierre se repose sur lui. Il a l'impression de compter de nouveau et a tôt fait de se prendre pour le roi du monde. Les deux hommes nouent une vraie complicité, mais leurs efforts communs ne payent pas. Pierre ne se blesse plus, c'est déjà ça. Mais les résultats se font attendre. Son corps tient. Mais c'est parce qu'il ne le pousse plus jusqu'à ses limites. Il ne prend plus de risques. Georges a compris : il y a deux athlètes en un, presque deux Pierre. L'un est ce gamin toujours vif, heureux, joyeux, qui gambade sur la piste. L'autre, c'est le Pierre sombre, triste et couvert de cicatrices. Celui-là se crispe au moment de prendre de l'altitude. Il ne veut pas se l'avouer, mais il a découvert la peur. Imperceptiblement, sans qu'il en ait vraiment conscience, elle s'impose à lui. Pierre a peur de l'altitude. Après avoir défié le vide, il s'en méfie.

C'est comme une tanière. Chaud, rassurant, un peu étouffant aussi. Et protecteur. L'appartement de ma grand-mère à Beauvais est un refuge. Des meubles massifs, un immense buffet dans le salon, des cuivres accrochés au mur, le décor semble figé. Et les rituels sont immuables. Les parties de Mille Bornes des samedis après-midi pluvieux, les visites aux cousins éloignés, les plats en sauce du dimanche midi. Passer le week-end chez ma grand-mère, c'est suivre d'un pas tranquille un chemin prévisible. Pas de mauvaise surprise, ni de crainte particulière, jamais de tempête ni d'imprévu, tout est réglé avec minutie et le couvert mis deux heures avant de passer à table. Une pause qui tranche avec les incertitudes de la semaine. Soixante-quinze kilomètres seulement et pourtant Beauvais me semble si loin de Paris. Presque sur un autre fuseau horaire.

Parfois, je me dis que si c'est calme, c'est parce que ma grand-mère vit toute seule. Cela fait bien longtemps que mon grand-père est parti refaire sa vie à l'autre bout de la France. Du jour au lendemain. Il a claqué la porte et elle s'en est très bien accommodée. D'ailleurs, je n'arrive même pas à l'imaginer en couple. Et puis, cela me rassure de savoir qu'il y a des femmes qui aiment vivre seules. Je pense à ma mère et je me dis qu'elle aussi, ça finira par lui plaire.

Ce qui est chouette aussi chez ma grand-mère, c'est que je dors sur le petit canapé rouge du salon, face à la télé. Le samedi soir, l'émission *Téléfoot* est diffusée de plus en plus tard, bien après la fin des matches du Championnat. Alors quand tout le monde dort, je rallume discrètement le poste et je mets le son au plus bas. J'entends à peine les commentaires du journaliste, Pierre Cangioni. Pas grave, ce qui compte, c'est l'image. Et puis le ballon, bien sûr. Dans le noir, je me régale des centres de Sarramagna, des déboulés de Piazza et des tirs de Bathenay. Allez les Verts ! Je sais pouvoir compter sur le journal de la nuit d'Antenne 2 pour découvrir les résultats des autres sports. Je guette en particulier ceux des meetings d'athlétisme, avec toujours l'espoir d'apercevoir une image furtive de Pierre s'envolant au cœur de la nuit.

Parfois, j'entends ma grand-mère se relever pour aller à la cuisine ou aux toilettes. Je me lève d'un bond pour éteindre le poste et je me glisse sous les couvertures remontées jusqu'au menton. Je ferme les yeux. Quand elle passe une tête dans le salon, elle ne s'aperçoit jamais de rien. Elle est convaincue que je dors à poings fermés. C'est drôle. Qu'est-ce que c'est naïf, une grand-mère… Enfin, devenu grand, j'ai fini par comprendre que le naïf, c'était moi. Ma grand-mère n'est pas dupe, elle voit bien que je ne dors pas. Elle pose même discrètement la main sur le poste de télé pour vérifier qu'il est chaud. En fait, c'est elle qui fait semblant de ne pas voir… Mon stratagème l'amuse, elle ne m'en fait jamais reproche.

Il faut dire qu'elle me passe tout. À ses yeux, j'ai toujours raison. Je suis le plus sage, le plus intelligent, le meilleur élève. Quand je rapporte une mauvaise note, c'est la faute du prof, même en maths… Toujours innocent de tout, jamais coupable de rien, je croule sous les compliments. Son amour m'étouffe un peu. Surtout qu'elle ne rechigne pas à prendre à témoin les visiteurs de passage. « Il est formidable mon petit-fils ! Il lit beaucoup vous savez, il n'arrête pas. Et qu'est-ce qu'il est fort en histoire… » Dès que j'entends sonner à la porte, je cours me réfugier dans une chambre, de peur de subir, impuissant, une nouvelle cascade de compliments devant l'une de ses amies. « PAR-FAIT, il est PAR-FAIT, mon petit-fils, madame Deschamps ! »

Et puis surtout, je suis tellement plus responsable que mon père. Combien de fois me le répète-t-elle ? « Ah ça, ton père, il m'en a fait voir… Toi au moins, tu es sérieux, tu n'es pas comme lui ! Et puis tu n'es pas égoïste, tu te soucies des autres… » Pas égoïste, moi ? Je pense à ma mère, seule. Responsable, vraiment ? Si elle savait…

Décidément, pour me défendre et justifier chacun de mes actes, ma grand-mère est capable de faire preuve d'une mauvaise foi olympique. Et puis il y a surtout un autre truc qui me gêne chez elle, une sale manie qui m'insupporte, c'est quand on va faire des courses ensemble.

À la boulangerie, sur le marché, à la Poste, partout, elle joue des coudes, bouscule les autres clients, et passe devant tout le monde. La file d'attente est un obstacle qu'elle contourne sans vergogne. Je trottine derrière elle, et sens sur notre passage les regards courroucés. Elle, elle semble ne jamais les voir. Je ne sais plus où me mettre, je rentre la tête dans les épaules, baisse un peu les yeux. Et quand je ralentis, elle m'attrape aussi sec par la main : « Allez viens donc, ne traîne pas sinon on va nous passer devant ! »

Mais ce n'est pas grave Mamie, vraiment pas grave. Laisse passer les gens, on n'est pas pressés.

Moi, ce que j'aimerais, c'est me noyer dans la foule, ne pas me faire remarquer, surtout pas.

Pierre ne voit pas la foule. Il marche dans les rues d'Atlanta. Un soleil de plomb écrase les passants dans ces rues perpendiculaires tirées au cordeau. La Géorgie est réputée pour être l'État de la pêche, c'est le fruit emblématique de ce coin du sud des États-Unis. Stéphane Diagana est un fieffé gourmand. Blessé, le coureur français de 400 mètres haies ne peut pas participer aux Jeux olympiques. Il a quand même fait le déplacement pour commenter les épreuves à la radio. Aujourd'hui, Stéphane s'est mis en tête de déguster le meilleur cheesecake aux pêches de la ville. À la réception de l'hôtel, un employé lui a donné l'adresse. Il a entraîné derrière lui son épouse, Odile, ancienne athlète, et un couple de Français avec lequel il vient de sympathiser, Pierre et Caroline. Tous font partie d'une délégation de VIP et d'ex-sportifs de haut niveau invités par un sponsor pour venir assister, en cet été 1996, aux Olympiades d'Atlanta.

Il fait près de 40 degrés, cela fait deux heures que le quatuor erre dans la ville. Stéphane bondit à tous les carrefours : « C'est là, la boutique est juste là, j'en suis sûr, je l'ai vue sur le plan ! » À chaque fois, l'espoir d'être arrivé à bon port est déçu, et le petit groupe redémarre sous le cagnard. Odile en a marre et tance son mari : « Stéphane, ça suffit ! Tu fatigues tout le monde avec ton cheesecake… » Au bout d'un moment, Caroline laisse échapper un long soupir d'agacement en s'épongeant le front.

Un seul ne dit rien, Pierre. Il suit la troupe, quelques pas en retrait, perdu dans ses pensées. Stéphane s'en veut d'avoir entraîné sa femme et ses amis dans cette galère. Il se répand en excuses. Il se retourne pour se faire pardonner son caprice auprès de Pierre. Il lui parle, l'appelle. Pierre n'entend rien, ne le voit pas. Stupéfait, Stéphane murmure entre ses dents : « Mais à quoi pense-t-il ? »

Pierre est ailleurs. Il est déjà demain. Demain, c'est le concours de saut à la perche des Jeux olympiques d'Atlanta. Douze ans après la victoire de Los Angeles, un autre Français s'apprête à prendre la relève. Il s'appelle Jean Galfione. Pierre s'est pris d'amitié pour ce jeune athlète de dix ans son cadet. Sur la piste, il semble aussi solide et posé que Pierre apparaissait frêle et instinctif. Jean lui a confié qu'il avait dans sa chambre d'ado le poster de sa victoire en 1984. L'aveu a bouleversé Pierre. Il aurait donc montré le chemin, laissé une trace.

Alors Pierre ne pense plus qu'au couronnement de l'héritier, à la compét' du lendemain. Comme si c'était lui qui sautait.

Et le lendemain au stade olympique, lorsque après son ultime saut victorieux, Jean se rue vers la tribune où est réuni le clan français, c'est le visage de Pierre qui émerge de la foule. C'est lui, « l'ex », qui se jette le premier dans les bras du nouveau champion.

Sa joie est sincère, pleine, entière. Les larmes jaillissent, incontrôlables. Jean a gagné et on jurerait que c'est Pierre qui a sauté. Le disciple contrôle ses nerfs, le pionnier s'effondre. Pierre revit, par procuration, le même bonheur qu'à Los Angeles. Les mêmes inquiétudes aussi.

Car douze ans après, il y ajoute une angoisse supplémentaire, une question sans réponse : Qu'ai-je fait de ma vie d'ex ?

L'excès

Pierre se plante au sommet de la falaise. Il inspire à fond. Ferme les yeux. Les rouvre. Il se sent serein. En dessous de lui, trois cents mètres de vide. Au loin, les rayons du soleil percent la surface de l'eau. Il est presque 1 heure du matin. Il fait grand jour. La lumière intense lui pique les yeux, l'air pur lui brûle les poumons. Pierre irradie de bonheur. Il savoure l'instant. Il avait besoin d'être seul. Alors il est allé tout au bout de la Terre. Il ne peut pas aller plus loin : le voilà au cap Nord, en Norvège, le point le plus septentrional du continent européen.

Dix jours plus tôt, il est passé saluer son ami Olivier à son garage. Celui-ci possède le grand magasin de motos de Hyères dans le Var, à quelques kilomètres de Bormes-les-Mimosas où la famille Quinon a posé ses valises, après Bordeaux.

« Salut Pierre, toi qui es fou de moto, tu as vu le mastodonte que je viens de recevoir ? »

Olivier désigne un énorme engin garé devant l'entrée. Une grosse BMW, une moto de rallye. « Tu te rends compte ? Elle est taillée pour faire le Paris-Dakar… » Pierre reste bouche bée. Des motos, il en a eu ! Une R1 Yamaha, une Guzzi, sa motocross fétiche avec laquelle il allait faire des sauts dans les dunes avec ses potes lorsqu'il vivait du côté de Bordeaux, une Ducati 916 ou encore une Honda 750 pour tourner sur les circuits, mais une comme ça, jamais.

Pierre roule des yeux gros comme des calots. On dirait un gosse devant la vitrine d'une boulangerie.

« Tu veux l'essayer ?

— Ah ouais, volontiers… »

Pierre enfourche la machine et s'offre un petit tour. Il ferme les yeux, grisé par la vitesse, le temps d'une ligne droite au bord de la plage.

À son retour, il est séduit, mais frustré. Trop court.

« Dis-moi Olivier, tu me la prêterais pour un trajet un peu plus long ?

— Bien sûr, tu peux l'essayer jusqu'à Toulon, ou même jusqu'à Marseille si tu veux ?

— Et si je vais au cap Nord ?

— Où ça ?

— Au cap Nord, c'est en Norvège. Ça fait des années que je rêve d'y aller… »

Olivier ricane. Encore une lubie… Il est incorrigible, ce Pierre. Mais tellement attachant qu'on ne peut rien lui refuser.

Le lendemain matin, Pierre se met en route. Il plante femme et enfants, Robin et son petit frère Jean-Baptiste. Il s'en va seul pour une expédition de quatre mille kilomètres à travers la France, l'Allemagne, le Danemark et la Suède, pour enfin rejoindre la côte norvégienne. Pierre veut s'offrir un bain de soleil, celui de minuit. Seul.

Il roule une première nuit tout entière. Vite, s'enfuir. Le deuxième jour, il bivouaque dans une forêt allemande. Reste allongé dans l'herbe pendant des heures. Les yeux au ciel, il regarde les oiseaux. Là-haut, tout là-haut, une buse plane. Pierre s'envole. Il est à Salaise, entre l'école primaire et le pont des Moines. Il entend la douce voix de Jeanine. Il croise le regard grave d'Henri. La Rhénanie ressemble à la vallée du Rhône.

Pierre prend son temps pour atteindre son but, fait des détours. Rien ne presse. À mesure que le soleil s'accroche haut dans le ciel, la température baisse. Des îles, des ponts, de vastes plaines tondues par des troupeaux de moutons, et enfin la toundra aride, il y a de moins en moins de monde et Pierre se sent de mieux en mieux. Ce début d'été est unique. Arrivé au cap Nord, la lueur l'éblouit. Le bleu magenta de la mer de Norvège, le rouge du ciel, le rose intense de la roche, Pierre est emporté dans un de ces tableaux de Nicolas de Staël qu'il vénère. Il est habité par les divagations de cet expressionniste abstrait. Pinceau à la main face à la mer, Nicolas de Staël rendait les armes : « On est toujours vaincu par la nature parce qu'il est impossible aux nerfs de suivre l'image », disait-il. Pierre abdique à son tour. Le voilà sujet, englouti par les éléments, face à lui-même.

Quand il regagne le domicile familial, Pierre parle peu. L'escapade a duré un mois et il n'en raconte rien. Caroline ne lui arrache que quelques bribes : « beau », « magique », « pur ». Une poignée d'adjectifs en guise de récit. Elle le regarde et prend peur. Combien de temps supportera-t-elle encore ses humeurs ? Sera-t-elle assez forte pour préserver la quiétude de ses fils ? Et quel élan peut bien pousser quelqu'un qui vit au bord de la Méditerranée à se rendre aux confins de la mer de Barents et de l'océan Arctique ? Peut-être l'envie de sauter les frontières, enjamber les distances, défier l'espace – au fond, ce que Pierre a toujours aimé. Mais aussi une soif d'ailleurs, la quête d'autre chose, une impulsion. Une de plus. De toute façon, Pierre ne tient pas en place.

Sur un coup de tête, il a décidé de quitter Bordeaux. Pierre ne supportait plus son job. La boîte d'édition et de publicité qui l'emploie utilise son nom. « Pierre Quinon, champion olympique », voilà un bel argument commercial. C'était le contrat de départ. Pierre le déchire. Il ne veut plus qu'on se serve de lui. Se vendre le dégoûte. Alors il claque la porte. Caroline avait une belle situation. Tant pis, elle encaisse et suit.

Les foucades de Pierre l'épuisent. Pour la rassurer, il lui propose un retour sur ses terres, à deux pas du Lavandou, le lieu de leurs premières amours. Un retour aux sources. Heureuse de se rapprocher de ses parents, Caroline accepte.

Et puis cette fois, pour Pierre, la perche, c'est bel et bien fini. L'heure de la retraite sportive, la vraie, a sonné. Pas la peine de s'acharner, Pierre ne retrouvera jamais son niveau d'antan. Il n'est même plus compétitif. Les derniers mois ont été pénibles. Il régresse. Un ancien champion olympique qui franchit péniblement cinq mètres dix, l'image fait mal, et d'abord à lui-même.

Pierre a trente et un ans et se résout à tourner la page. Étonnamment, la décision n'est pas si pénible à prendre. Elle s'impose. Cela fait déjà si longtemps que sa carrière au plus haut niveau s'est achevée, dans un enchevêtrement de malheurs et de coups du sort… La fin de la perche, c'est donc aussi l'occasion d'un virage professionnel. Justement, voilà que son beau-père l'alerte sur une bonne affaire. À Hyères, à quelques kilomètres du Lavandou, une rôtisserie est à racheter pour un bon prix. Pierre saute sur l'occasion. Le Tourne Broche est très bien placé.

Avenue Mario-Benard, en pleine zone d'activité, sur le parking du centre Leclerc. Du passage sans arrêt, une clientèle de toute la région obligée de défiler devant ses poulets en sortant du centre commercial, succès assuré !

Et puis la cuisine, ça le tente depuis longtemps. Pierre a toujours adoré ça. Il peut partir faire des courses pendant des heures en embarquant Robin, parfois Jean-Baptiste. Il arpente les marchés de la région à la recherche du meilleur produit, la gousse d'ail parfaite ou les tomates juteuses.

Bon, il est vrai que sa spécialité, c'est plutôt la cuisine asiatique. Une passion rapportée de ses compétitions au Japon ou à Singapour. À force d'entraînement, Pierre réussit désormais à faire ses raviolis vapeur lui-même, pour le bonheur de ses fils. Mais tant pis pour le tempura et les gyozas, les brochettes et le poisson cru, une rôtisserie fera l'affaire ! Pierre rencontre le gérant du Leclerc, le courant passe et les deux hommes se serrent la main : tope là ! Pas de contrat écrit, pas même de durée de concession, voilà Pierre autorisé à exploiter sur-le-champ la rôtisserie installée en face de la sortie du centre commercial. Les coquelets et les poulets fermiers n'ont qu'à bien se tenir. Pierre démarre une nouvelle vie. Une de plus.

Surtout, il est son propre patron. À son compte. Libre. Enfin presque. Le Tourne Broche ne suffit pas à le rassasier. Il lui faut autre chose. Seule la moto lui offre les sensations fortes qui le régénèrent. Dès qu'il enfourche un bolide, il vit pleinement. La vitesse est une drogue, un alcool qui l'enivre et qu'il aime partager avec ses proches. Il fait parfois grimper son fils cadet à califourchon derrière lui. Jean-Baptiste le serre autour de la taille. Il adore la moto. Il a tout juste dix ans et Papa le traite déjà comme un grand. Génial. Un beau jour, Pierre se retourne : « Tout va bien mon fils, t'as pas peur ? » Jean-Baptiste lui répond d'un grand sourire. C'est le bonheur. Entre La Londe-les-Maures et Bormes-les-Mimosas, la D98 offre une belle ligne droite. Pierre, rigolard : « Bon allez, on rentre à la maison. On va voir à combien on peut monter, accroche-toi bien… » Papa met les gaz et le petit s'esclaffe. 140, 180, 200, Pierre se laisse aller, la tête en arrière. Il profite. Il est ailleurs, parti. Il ouvre les yeux. Le compteur indique… 230 km/h. Pierre reprend ses esprits.

Il décélère subitement. Derrière, Jean-Baptiste est aux anges. Il a adoré. Même pas peur. Comme Papa.

Pierre en veut toujours plus. Il s'offre un nouveau bolide, l'aménage, change les carénages, et se met à tourner sur le circuit du Castellet. Il pousse l'engin jusqu'à ses limites, pique une pointe à 270 km/h et retrouve cette ivresse que lui procurait la perche. Jusqu'au jour où il se voit mourir. Un virage pris à 160, en arrivant à l'entrée d'Antibes, le corps en déséquilibre, et la chute évitée d'extrême justesse. Un miracle. Pierre s'arrête sur le bas-côté. Coupe le contact. Souffle. Fini. Il l'annonce le soir à son copain Stéphane Diagana : « Je pose la moto, j'arrête, je me mets en danger. » Stéphane respire. Il approuve.

« Tu vas voir, le vélo, c'est sympa aussi... »

Depuis qu'il a raccroché les pointes, Stéphane est un dingue de vélo. Il pédale des journées entières. Il vit à Vence, sur la colline, et part faire de longues virées dans l'arrière-pays niçois. Marché conclu, Pierre se laisse embarquer dans cette nouvelle aventure. Aussitôt, il lui faut le plus beau vélo, le meilleur matériel. Chaque week-end, les deux compères se lancent dans de longues expéditions d'un bout à l'autre de la région. La première sortie laisse Pierre sur sa faim. C'était chouette, bien sûr, pédaler aux côtés de Stéphane est un plaisir de chaque instant. La compagnie d'un ami aussi serein et paisible, c'est pour Pierre une précieuse source d'équilibre. Mais la balade était trop courte, à peine trois petites heures. Et puis trop facile, pas assez vallonnée. Les deux amis repartent le week-end suivant, et puis celui d'après, et puis encore le suivant. Ils s'élancent de plus en plus tôt, dès l'aube, rentrent de plus en plus tard, à la nuit tombée. Pierre veut toujours davantage de cols à grimper, de kilomètres à avaler.

« Allez Pierre, il est tard, on nous attend pour dîner…

— Non Stéphane, allez, on continue, encore un peu s'il te plaît, encore trente bornes… »

Pierre se fait mal, il pédale jusqu'à l'épuisement, jusqu'à se dégoûter du vélo. Il ne veut pas faire demi-tour, Pierre ne veut pas rentrer chez lui.

Je me retourne. Personne. Un coup d'œil derrière mon épaule droite. Rien, je suis tout seul. J'appuie à fond sur les pédales. La route est de plus en plus pentue. Dans un virage, je jette un œil en contrebas. J'aperçois les deux derniers lacets qui serpentent. La route est vide. J'ai lâché mes deux copains. Alors j'accélère encore. Des crampes d'estomac me vrillent le ventre. Je vomis par-dessus mon guidon. Mon petit déjeuner dégouline sur la roue avant. Un liquide saumâtre, des relents de chocolat, des morceaux de gâteau se collent au cadre. Pas question de m'arrêter. J'ai largué Ludovic et Martial, Ludo le costaud et Martial le fier-à-bras, celui qui emballe les filles et m'a appris à piquer des 45 tours au supermarché du village. « Tu vois, tu les planques là, juste sous ton blouson et tu sors tranquille, l'air de rien. » La première fois que j'ai franchi les caisses, j'ai cru défaillir, je tremblais comme une feuille. Et puis c'est passé, « tranquille » comme dit mon pote. Alors j'ai recommencé, une fois, deux, cinq. Je rentre dans le magasin les mains dans les poches, j'en ressors la poitrine gonflée des disques de Michael Jackson ou Jean-Jacques Goldman et le cœur qui cogne. Fastoche !

Martial est un gars du coin, « pas un parigot », comme il dit. Je lui rends près de vingt centimètres, il n'a peur de rien, et surtout pas des filles, il m'impressionne, c'est un meneur et là, à vélo, c'est moi qui l'ai distancé. Je ne sens plus mes jambes, je manque d'oxygène, mais j'accélère encore. Au bas de la côte, Martial m'avait prévenu : « Garde des forces, tu vas voir, la montée de Saint-Cergue, c'est pas un cadeau… » Je n'ai pas apprécié le ton de sa voix. Je l'ai trouvé un peu condescendant. Comme s'il pensait que je n'y arriverais pas, que je ne réussirais pas à franchir l'obstacle. Alors, dès que j'ai pu, au deuxième virage, je me suis dressé sur les pédales et j'ai placé un démarrage. Exactement comme je vois faire à la télé mes champions à l'assaut du Tour de France. Lors de l'étape de la veille, Laurent Fignon, mon cycliste préféré, s'est envolé dans une longue chevauchée à travers les Alpes. Il a décramponné l'as des as, Bernard Hinault. Humilié en mondovision le Blaireau ! Devant ma télé, j'ai savouré l'exploit. Aujourd'hui, c'est moi le héros. Le champion blessé dans son orgueil, décidé à régler ses comptes.

Quand j'ai démarré, Martial et Ludo m'ont regardé partir en ricanant. Convaincus que j'allais rapidement m'essouffler et qu'ils me rattraperaient sans difficulté. Moi-même, je n'en menais pas large. Et puis étrangement, un coup de pédale après l'autre, je me suis découvert des forces que j'ignorais. Je me suis vu de plus en plus résistant. J'ai eu l'impression de grandir. La route qui mène au sommet du col de la Givrine se fait vraiment pentue. J'ai le souffle court et la tête qui tourne. La souffrance s'accroît. Pour la surmonter, je serre les dents et je regarde ma roue avant. Je songe au chevalier Bayard dont les exploits nourrissent mon goût pour l'histoire. J'aime sa noblesse, son panache. Lui n'a pas reculé face aux troupes de Charles Quint, il est même mort au combat. Je m'accroche. Pas question de mettre pied à terre. Je lève les yeux jusqu'au virage suivant, surtout pas plus loin pour ne pas me couper les jambes. J'ignore la forêt de sapins et les beaux chalets fleuris. Le décor n'a plus aucune importance. Je suis seul avec mon vélo. Et surtout loin, très loin devant Ludo et Martial. Je me retourne encore une fois. Dans la vallée, en contrebas, je distingue vaguement une petite tache bleue. C'est le lac Léman. Mais pas trace de mes copains. Je les ai définitivement largués.

Au cœur de ce Jura où je passe mes vacances, je suis devenu un champion.

Au sommet du col, je lâche le guidon et lève les bras au ciel. Je manque de me casser la figure. Je n'ai jamais su faire de vélo sans les mains. Je me rattrape de justesse, heureusement personne ne m'a vu. Je descends de ma monture, je hurle de bonheur et je vomis de plus belle. Il n'y a pas de banderole, ni de bouquet pour le vainqueur. Je suis euphorique, mais aucun spectateur n'a assisté à mon exploit. Alors je me remets en selle et je fonce dans la descente pour regagner Les Rousses, le village où nous séjournons. J'ai hâte de raconter ma performance à ma mère. À peine arrivé dans le jardin du chalet, je jette mon vélo à terre et me précipite dans la maison. « Maman, Maman, j'ai un truc à te dire ! » Le salon est vide, un peu de désordre dans la cuisine, un verre sale dans l'évier, une bouteille vide posée à côté de la poubelle.

Je m'engouffre dans le couloir. « Maman, Maman… » Pas un bruit. Je ralentis. Je m'approche à tâtons de sa chambre, pousse la porte. Une forme dans le lit sous les couvertures. Elle dort à poings fermés. Je suis à bout de forces, mais c'est ma mère qui est épuisée. Pas grave. Je referme doucement sa porte et je vais m'allonger sur mon lit. Tout à coup, une idée jaillit : parmi tous les journaux de sport que je trimballe avec moi, l'un d'entre eux recense les cols franchis par les coureurs du Tour de France ces dernières années, avec leur nom, kilométrage, altitude, description, et difficulté. Je me jette sur l'exemplaire et tourne fébrilement les pages en quête de la description du terrain de mon exploit. Ah, c'est là, page 47, le col de la Givrine ! Il est tellement difficile que je suis sûr qu'il est classé au moins « hors catégorie » ou, à la rigueur, « première catégorie ». Mes yeux finissent par se poser sur ces quelques lignes qui me brisent le cœur : « D'une pente moyenne d'à peine 3,9 % et d'une longueur de vingt et un kilomètres pour un dénivelé de seulement 818 mètres, le col de la Givrine est une sympathique promenade champêtre pour les coureurs du Tour de France, une mise en bouche qui leur permet d'échauffer tranquillement leurs muscles avant de s'attaquer à de plus gros morceaux bien plus consistants sur la suite du parcours. C'est la raison pour laquelle cette ascension sans grande difficulté n'est classée qu'en troisième catégorie. » Quoi ? « Troisième catégorie » seulement ! Une ascension « sans difficulté » ? Non, mais ils se foutent du monde ces journalistes sportifs. Je suis un champion ! Je le sais. Enfin, je crois.

Pierre aussi est un champion. Un vrai, pour l'éternité. La preuve, il s'est fait tatouer la médaille d'or olympique sur l'épaule gauche. Il a choisi la face sur laquelle figure la couronne de laurier, reproduction héritée de l'Antiquité. Lorsque Stéphane Diagana découvre le tatouage, il reste sans voix. Les deux copains naviguent ensemble, la voile est une autre de leurs passions communes.

Pierre est torse nu. Stéphane aperçoit la médaille sur sa peau. Il devine tout à coup l'ampleur des tourments qui travaillent son ami.

Pierre ne parle jamais de sa victoire de 1984. Une seule fois, Stéphane l'a introduit auprès d'un couple de ses amis en y faisant référence : « Je vous présente Pierre Quinon, champion olympique. » Stéphane n'a jamais recommencé. À peine ces mots prononcés, le regard de Pierre s'est durci. Il ne supporte pas d'être renvoyé à son passé. C'est vieux. Il n'aurait donc rien fait depuis, qui mériterait d'être mentionné ? Non, sa vie ne s'est pas arrêtée à Los Angeles ! Marre de cet épisode préhistorique qui nie sa vie d'après.

Et ce jour-là, voilà que Stéphane découvre le secret de Pierre. Ce vestige discret, planqué sur une épaule, caché sous un tee-shirt, qui le raccroche à sa gloire d'antan. Pierre s'est fait tatouer la médaille olympique peu après son retour des Jeux d'Atlanta, le lieu du couronnement olympique de Jean Galfione, son disciple et successeur. Façon d'inscrire sa carrière dans une longue histoire. Et de protéger sa victoire, que personne ne pourra jamais lui prendre, à l'abri des autres.

Exhumer un passé lointain : c'est aussi ce qui guide sa décision de se mettre au rugby. Il a plus de trente-cinq ans lorsqu'il rejoint l'équipe senior du « Rugby club des plages » qui rassemble les trois bourgs voisins du Lavandou, de La Londe-les-Maures, et de Bormes-les Mimosas. Un club de copains, mais un vrai championnat.

Gamin, Pierre rêvait déjà de ballon ovale. Il avait envie de la chaleur d'un sport collectif.

D'éprouver la solidarité, l'entraide entre coéquipiers. Henri a dit non. Le rugby ? Trop violent. Pas question de l'inscrire au club de Salaise-sur-Sanne. Pierre devait se consacrer pleinement à l'athlétisme. Il était tellement doué, de la graine de champion. Pierre a obéi. Il s'est plié aux conseils paternels, et s'est consacré à la perche. Un sport individuel, une discipline exigeante. Un sacerdoce où le pratiquant se retrouve seul en bout de piste face à une barre à dompter, avec un outil et une technique complexes, seul à négocier avec le corps qui, trop souvent, lâche.

Un quart de siècle s'est écoulé depuis. Pierre a grandi. Henri est mort. Il vient de s'éteindre des suites d'un cancer. Pierre laisse passer trois mois et il prend sa première licence de rugby. Il suit son envie. Et il s'y jette à corps perdu, comme toujours. Vif, tonique, Pierre joue trois quarts centre. Un poste qui nécessite à la fois vitesse, technique, et une vraie capacité de résistance. Assez pour endurer les chocs. Pierre n'hésite pas à aller au contact. Il aime ça. Il prend des coups, il en donne aussi. Pas du genre à se laisser marcher sur les pieds. Pierre n'hésite pas à décocher une bonne droite à un adversaire qui ne lui revient pas. Le père de famille ne s'est pas assagi. Il explose comme quand il était gamin. Le ballon ovale sert de trait d'union familial. Pierre emmène ses deux fils, Robin et Jean-Baptiste, assister aux matches du RCT, le Racing club de Toulon, dans les tribunes du stade Mayol. Le trio encourage les Rouge et Noir jusqu'à en perdre la voix. Et quand les deux garçons manifestent leur volonté de se mettre à jouer à leur tour, pas question de les en priver. Pierre les inscrit et le plus jeune, Jean-Baptiste, développe aussitôt une vraie passion. Un sport de brutes pratiqué par des gentlemen selon la légende. Sauf qu'il est un âge où souvent, les brutes finissent par avoir raison des gentlemen. Un choc plus violent qu'un autre, un hurlement et voilà Pierre évacué du terrain puis sur une table d'opération, une fois encore. L'épaule droite en miettes. Hôpital, pose de broches, des semaines d'immobilisation, Pierre a quarante-deux ans et sa carrière de rugbyman amateur s'achève. Brisée net. Mais l'épaule gauche, celle du tatouage, est intacte.

Sans doute la raison pour laquelle, l'année suivante, à peine remis sur pied, Pierre essaye encore de mater son corps. Toute la famille est en vacances à la montagne. La journée de ski tire à sa fin, les copains en ont marre, les fistons le supplient : « Allez P'pa on est crevés, on rentre… » Pierrot, l'incorrigible : « Allez une dernière descente, promis… » Le petit groupe cède et reprend une dernière fois le télésiège. Au sommet, à gauche, la piste bleue, tranquille, sur laquelle s'embarque le gros de la troupe. À droite, le mur blanc, redoutable, attire Pierre. L'appel du vide. Pierrot l'équilibriste du pont des Moines est de retour. Il prend son élan. Le voilà de retour en bout de piste. Il se lance tête baissée. Au loin, une énorme bosse en forme de tremplin. Tiens, on dirait un sautoir. Pierre prend son impulsion. S'envole. S'écrase. Perte de connaissance, secouristes, urgences et une opération de plus… Cette fois, c'est l'épaule gauche qui est cassée. Pour la réparer, les chirurgiens n'ont pas le choix, il faut charcuter le tatouage. Creuser dans la médaille. Lorsque Pierre se réveille, le souvenir de sa gloire olympique s'efface. Sur sa peau ne reste plus qu'une cicatrice. Son corps a vaincu ses rêves.

Moi aussi, je me roule par terre.

Le match de foot est sur le point de s'achever. Il ne reste que cinq minutes et nous sommes menés 3 buts à 2. Alors je m'improvise sauveur. Je pars dans une folle chevauchée sur le côté droit. J'accélère, je déborde mon vis-à-vis le long de la ligne de touche, juste au bord du terrain. Je veux centrer pour un de mes coéquipiers, je prends mon élan au moment de taper dans le ballon et je frappe de toutes mes forces… dans un plot de béton. Le choc est sévère, la douleur cinglante. Je suis à terre et je hurle. Quel est l'abruti qui a eu l'idée de placer un plot de béton juste là ? Juste à l'endroit où je m'apprêtais à centrer sans doute pour délivrer une passe décisive, un but tout cuit… C'est dingue, c'est un piège, un attentat. Il est vrai que c'est une pratique plutôt commune dans le coin, du côté de ce petit village corse au sud de l'île où j'ai rejoint ma mère, ce terrain en terre battue où je joue jusqu'à mon dernier souffle sous l'œil d'une poignée d'autochtones plutôt circonspects. Et sans doute de mèche, complices du traquenard. Je me tords de douleur donc, et un de mes copains s'approche. Il se penche vers moi :

« Ça va ? T'as mal ? »

À ton avis, pauv' mec… Je suis d'autant plus exaspéré que je m'en veux. Personne ne m'a touché, je me suis blessé tout seul. J'ai frappé de moi-même, et avec la plus belle énergie, dans un plot de béton… Quel con, non mais quel con ! C'est pas vrai… J'en suis là de mes réflexions, couché dans la poussière, lorsque je vois surgir ma mère. D'ordinaire, j'aurais été plutôt mal à l'aise, voire un peu honteux. Là, j'ai bien un instant d'inquiétude. Mais non, tout va bien. Je la regarde, j'observe sa démarche, je suis soulagé. Je suis même content. Ma mère est en forme. Moi moins, mais elle, ça va très bien. Surtout, elle est aux petits soins. Elle ausculte mon pied droit, l'effleure du bout des doigts. Je crie de plus belle. Mes copains observent la scène, mutiques. Je les devine envieux. J'ai mal mais je suis heureux. Fier, hyper fier, de ma blessure et de ma mère. Hé, vous avez vu les gars ? Vous avez vu la chance que j'ai, vous avez vu comme elle s'occupe bien de moi, ma mère ?

Une heure plus tard nous voilà aux urgences du petit hôpital de Bonifacio. Deux infirmiers m'ont installé dans un fauteuil roulant. L'un d'eux me pousse jusque dans la salle des radios.

Je suis tendu. On me demande de poser mon pied droit sous une grosse loupe. Je m'exécute. Ne surtout pas bouger pendant quinze secondes. Attention. Je retiens mon souffle. Mes idoles sont habituées à pareil traitement, mais pour moi, c'est inédit. C'est la première fois que je mets les pieds dans un hôpital. Allez, hop, « C'est terminé ! » m'annonce un infirmier. Déjà ? « Oui, c'est bon jeune homme, on vous raccompagne… »

Je retrouve ma mère dans la pièce voisine. Un médecin arrive avec des clichés. Je lui trouve l'air sévère, c'est sûrement grave. La tension monte. « C'est une fracture du gros orteil droit. » Une fracture ? Le mot résonne. Une fracture, c'est grave, non ?

Je déchante deux minutes tard. Un sourire rassurant barre le visage du médecin : « Mais non mon grand, on ne va pas te plâtrer le pied ou la jambe pour ça, pas pour un orteil… »

Le traitement se résume à une paire de béquilles pendant quelques jours. C'est tout. Et surtout, pas de plâtre. Je suis déçu. J'imaginais déjà mes copains du collège en train de crayonner dessus, voire une fille, qui sait, y dessiner un cœur… Encore raté.

Ma mère se moque gentiment de moi.

« Enfin mon chou, je vois bien que tu espérais un plâtre comme ton Platini… Mais c'est pas pour cette fois… »

Elle s'esclaffe. J'adore quand ma mère me taquine. Quand elle est en forme.

L'explosion

Coach mental. Drôle de job. Regonfler le moral d'un athlète. Lui répéter qu'il est le meilleur. Le convaincre qu'il ne fera qu'une bouchée de l'adversaire. Pas simple de transmettre l'invincibilité quand on est soi-même rongé par le doute… Pourtant, lorsque Romain le sollicite, Pierre accepte la mission aussitôt. Il s'est pris d'affection pour ce jeune perchiste français prometteur. Beaucoup imaginent Romain Mesnil au sommet, peut-être champion olympique à son tour, prenant le relais de ses glorieux devanciers, Pierre Quinon et Jean Galfione. Certes, aux Jeux olympiques de Sydney, en 2000,

Romain Mesnil a été éliminé dès les qualifications. Mais quatre ans plus tard, il entend mettre toutes les chances de son côté. Il s'avance vers les Olympiades d'Athènes fort d'un record personnel de cinq mètres quatre-vingt-quinze, largement de quoi décrocher une médaille.

On le dit fragile psychologiquement, sujet au stress. Pour le surmonter, quoi de mieux que de s'entourer des conseils d'un ancien vainqueur ? Dans le petit clan de l'athlétisme français, Pierre a gardé la réputation d'un compétiteur hors pair, capable d'évacuer toute pression, pour être prêt le jour J. Un perchiste qui gagnait plus avec sa volonté d'acier que ses muscles en cristal. N'a-t-il pas décroché la médaille d'or à un moment où personne ne l'attendait, parce qu'il croyait en lui plus qu'aucun autre ? Un succès mis sur le compte de sa préparation mentale et sa pratique de la relaxation.

Vingt ans plus tard, les mêmes recettes peuvent-elles propulser le jeune Romain au firmament ? Pierre y croit. Il embarque pour Athènes aux côtés de son poulain. Il a hâte de retrouver l'atmosphère magique des Jeux olympiques. Il s'y replonge sans retenue, avec un enthousiasme juvénile. Et l'espoir de revivre par procuration un peu de sa félicité californienne passée.

L'expérience tourne au fiasco. Une fois encore, Romain Mesnil ne parvient pas à franchir la moindre barre. Il est éliminé dès les qualifications et n'atteint pas la finale olympique. En pleine forme physique, il est resté tétanisé face à l'obstacle. Les encouragements de Pierre n'ont servi à rien. Son « coach mental » lui aurait-il d'abord transmis les interrogations qui l'assaillent ? Pierre rentre de Grèce triste et amer. Vestige du passé, la perche n'est décidément plus qu'une source de déception.

Quelques mois plus tôt, ce passé-là est revenu le hanter au hasard des tribunes du Stade de France, à Saint-Denis. Avec ses deux fils, Pierre assiste aux Championnats du monde d'athlétisme. Il est là incognito. Personne ne le reconnaît, nul ne l'importune. Son titre olympique a déjà près de vingt ans et Pierre a retrouvé son statut d'anonyme. Cela lui va. À l'autre bout de la tribune, un homme attire son attention. Un charisme de star et une nuée de badauds qui réclament des autographes. L'homme s'y plie de bonne grâce, en habitué. Le regard perçant, des épaules de déménageur, une carrure puissante enserrée dans un costume cintré. Pierre l'a reconnu.

Il le fixe. Puis se décide. Il sort de sa poche un crayon, griffonne quelques lignes sur un bout de papier et le tend à son fils aîné : « Robin, tu peux apporter ça au monsieur qui est là-bas s'il te plaît ? Tu vois, le grand costaud debout avec plein de monde autour de lui… » Le gamin s'exécute. Il se fraye un chemin dans la foule, s'approche du géant et lui tapote sur le bras. L'homme interrompt un instant sa séance d'autographes et attrape le papier. Il le déplie. « Pour toi mon cher Sergueï, avec mon meilleur souvenir. Salutations, Pierre Quinon. »

Robin désigne son père du doigt. Sergueï Bubka le reconnaît et lui offre un franc sourire. Quand Robin rejoint Pierre, celui-ci est plié de rire. Heureux comme un gosse de sa petite blague. Il a donné un autographe à Sergueï Bubka, le meilleur perchiste de tous les temps, le monstre de la discipline, celui qui a franchi le premier la hauteur mythique de six mètres et battu le record du monde trente-cinq fois pour le porter à six mètres quinze, cet Ukrainien imbattable dont l'absence à Los Angeles a terni à jamais le prestige de sa victoire olympique. Les deux anciens athlètes s'échangent un signe de tête. Une marque de respect réciproque, de loin, sans poignée de main.

Odile Diagana, l'épouse de Stéphane, elle-même ancienne athlète, saisit la main de Jean-Baptiste, le cadet de Pierre : « Tu veux un autographe de Bubka ? Viens avec moi ! » Et voilà le fils qui s'en va quérir une signature de la star des sautoirs sous le regard songeur de son père.

Jean-Baptiste connaît à peine Bubka. Sa star à lui, c'est son père et personne d'autre. Petit, à l'âge de sept ou huit ans, il tirait déjà un matelas jusque sur la terrasse de la maison de ses parents, tendait un fil devant et s'amusait à sauter par-dessus. Pierre ne se vante pas de sa médaille olympique, il ne l'évoque jamais. Mais Caroline en parle volontiers à ses fils. Ce passé glorieux fait partie de l'histoire familiale, c'est un héritage commun et, pour elle, un heureux souvenir, celui des jours légers et insouciants. « Papa, Papa, apprends-moi à sauter à la perche, fais-moi sauter s'il te plaît... » Jean-Baptiste harcèle son père, Pierre fait la sourde oreille. Il emmène ses fils à la plage, au rugby, achète des abonnements pour assister avec eux à tous les matches du Racing club de Toulon au stade Mayol, mais pas question de toucher une perche.

Jusqu'à ce jour de printemps où il finit par céder. Jean-Baptiste vient d'avoir quatorze ans. Il n'a jamais désarmé. Son obstination finit par payer. Pierre se résout à l'emmener au stade d'athlétisme de La Valette-du-Var, à l'entrée de Toulon. Il lui glisse une perche dans les mains et commence à distiller ses conseils. La course d'élan, le rythme des foulées, le bon placement au moment de planter la perche dans le butoir, Pierre est un pédagogue attentionné. Jean-Baptiste est aux anges. Enfin, il saute. Comme Papa. Les séances d'entraînement sont légères, et le gamin ne saute pas bien haut, trois mètres à peine. Sa technique reste rudimentaire. Il ne sait pas encore se retourner au-dessus de la barre, effectuer la volte-face dans le vide qui fait des perchistes de vrais funambules. Mais Pierre ne veut surtout pas le brusquer, il ne s'agit guère que d'une initiation. Le fils s'en contente. Ce rendez-vous hebdomadaire est d'abord un prétexte pour se retrouver en tête à tête. Pierre lui doit bien ça.

Il le sait. Parce qu'il est parti. Il a quitté Caroline. Comme ça. Une coupure dont il a le secret, indéchiffrable et douloureuse.

Les deux fils sont restés vivre avec leur mère, Pierre loue un appartement à quelques kilomètres, à Hyères. Il est parti seul, pour personne d'autre si ce n'est lui-même. À la maison, il suffoquait, comme s'il était pris dans une toile. Il se convainc peu à peu que ses angoisses viennent de là, de ce cadre familial qu'il ne supporte plus. À l'extérieur, à l'air libre, seul, tout ira mieux, c'est sûr. Mieux pour lui, pour les autres, et d'abord pour Caroline qui n'aura plus à endurer son instabilité.

Alors Pierre quitte la maison. Robin est déjà grand, Jean-Baptiste a six ans de moins. Il est encore au collège et commence à se rendre chez son père chaque mercredi et un week-end sur deux.

Moi, je me dérobe. Ce mercredi, j'ai encore laissé ma petite sœur aller seule chez ma mère. Il faut dire que mon père me fait un sacré cadeau. Il m'emmène assister à la finale de la Coupe d'Europe des clubs champions de football. Un de ses amis pilotes doit convoyer un vol de supporters français de la Juventus de Turin jusqu'à Bruxelles, le lieu du match. Il a deux places pour nous, dans l'avion puis au stade. Départ en début d'après-midi, retour à Paris dans la nuit, après la rencontre, un programme de roi, me voilà au paradis ! Sur le terrain, je m'apprête à me régaler de l'affiche de mes rêves : La Juve de mon Platoche face aux Reds de Liverpool emmenés par une autre de mes idoles, le joueur écossais Kenny Dalglish. Je n'en dors plus depuis trois jours. Chaque minute s'écoule trop lentement, je piaffe et voilà que mon père ne trouve rien de mieux que de recommander une autre pinte de bière ! Nous sommes attablés à la terrasse d'une brasserie, à deux pas de la Grand-Place. Il est plus de 19 heures ce 29 mai, et le soleil est encore haut dans le ciel de Bruxelles. Mon père trinque avec trois de ses copains qui sont de notre voyage pendant que je me ronge les ongles. Il rigole, assure le spectacle, fait du bruit, et je suis sûr que l'on va finir par arriver en retard au stade. Rater le coup d'envoi d'une finale de Coupe d'Europe de football ! Je n'ose imaginer un tel drame… Il faut vraiment être irresponsable pour courir un risque pareil.

Mon père finit par se décider à y aller et nous prenons un taxi. Direction le stade du Heysel, situé en banlieue nord de la ville. J'ai l'œil braqué sur ma montre, la trotteuse galope. Ça va être juste, mais avec un peu de chance, on peut encore espérer arriver juste à l'heure pour le début du match prévu à 20 h 15. Mon père me rend dingue, il n'est vraiment pas sérieux ! Pour me faire patienter, il m'a offert une écharpe de chacune des deux équipes. J'arrive au stade ceint des couleurs entremêlées des deux clubs, le rouge de Liverpool et le blanc et noir de la Juventus. À l'approche du Heysel, deux ambulances sirènes hurlantes doublent notre taxi. Il nous dépose à l'entrée du stade et nous en franchissons les portiques sans être contrôlés. Pas même besoin de montrer nos places. Étrange ambiance. On croise quelques personnes qui pressent le pas. Elles aussi doivent être en retard. Il est un peu plus de 20 h 20, le match a dû commencer…

Sur la pelouse, il n'y a pourtant ni joueurs ni ballon, mais des policiers à cheval qui essayent de ramener l'ordre parmi des groupes de spectateurs qui courent dans tous les sens. Nous rejoignons notre tribune. Deux Italiens sont assis à nos places. Mon père éructe pour qu'ils les libèrent. Comme d'habitude, il est trop brutal. Je suis gêné et tourne la tête. Les Italiens apeurés s'éloignent, il me semble que l'un des deux a les larmes aux yeux. Le temps passe et l'atmosphère est électrique. Nous finissons par comprendre que des incidents se sont produits avant notre arrivée. Visiblement, il y a eu une bousculade entre groupes de supporters, ce qui explique le désordre. Nous n'en savons pas plus. Les policiers font évacuer la pelouse. Les joueurs des deux équipes se succèdent au micro du stade pour appeler au calme et l'arbitre finit par annoncer que le match aura bien lieu. Enfin, le coup d'envoi est donné avec une heure et quart de retard sur l'horaire prévu. D'emblée, la Juve monopolise le ballon et Platoche a l'air en forme. Ouf. Les choses rentrent dans l'ordre.

Sur la gauche du stade, une tribune réservée aux supporters turinois est déserte. Bizarre. À la mi-temps, mon père aperçoit sur la pelouse un photographe de presse qu'il connaît. « Attends-moi, je vais me renseigner. » Il descend quelques marches pour échanger avec lui à travers le grillage qui nous sépare du terrain. Quand il remonte cinq minutes plus tard, il est blême : « Il paraît qu'il y a des morts, cinq ou six, peut-être plus je ne sais pas. Des Anglais ont attaqué des Italiens. » Des morts, pour un match de foot ? Je ne comprends pas. Je viens d'avoir seize ans, c'est le match le plus important de ma vie de fan de foot, la soirée de mes rêves, et elle vire au cauchemar. La charge des hooligans anglais a eu lieu peu après 19 heures, au moment même où mon père s'attardait en terrasse, une pinte de bière à la main. Pendant que je pestais, exaspéré à l'idée d'arriver en retard. J'observe mon père. Pas le souvenir de l'avoir vu avec une mine aussi grave. Il s'affaire, cherche quelqu'un du regard. Il aperçoit les deux Italiens qu'il a rudoyés avant le match. Il se précipite vers eux, les réconforte, leur offre des cigarettes. La rencontre reprend et je jette sous mon siège mon écharpe de Liverpool. Je ne conserve que celle de la Juve. Je passe le reste du match dans le brouillard. Platini marque un but. Je le remarque à peine. Coup de sifflet final, attente interminable avant de pouvoir quitter le stade et des forces de l'ordre partout, à perte de vue, dès la sortie de l'enceinte. La police montée à cheval, mais aussi des motards, des rangées de CRS équipés comme des cosmonautes, des militaires en patrouille, une ambiance de guerre civile. Nous sommes contrôlés une fois, deux, puis trois. Mon père m'a collé contre son flanc, il me protège des bousculades avec sa grande carcasse et nous nous frayons un chemin dans la foule serrés l'un contre l'autre. Nous mettons trois bonnes heures avant de rallier l'aéroport. Une longue file de passagers serpente devant l'unique cabine téléphonique. Mon père patiente. Vient enfin son tour, il compose un numéro et me tend le combiné : « Tiens, je te passe ta mère, rassure-la… »

Depuis la sortie du stade, je suis dans une sorte d'état second, traumatisé à l'idée que des gens soient morts en assistant à un match de foot. Je n'ai pas imaginé une seconde qu'à Paris, ma mère et ma petite sœur ont passé la soirée plantées devant la télévision. Au bout de fil, la voix de ma mère flageole : « Ça va mon chéri, tu vas bien ? Vous n'avez rien ? » Je l'apaise. « Tout va bien, ne t'inquiète pas… » Je lui raconte brièvement l'étrange atmosphère, les flics partout, les contrôles. Je lui dis que mon père a bien fait attention, qu'il a pris soin de moi. J'ajoute que nous n'avons rien vu des affrontements. Nous ne connaissons même pas le nombre de victimes. « Plus de trente morts, tu te rends compte… » Combien ? C'est insensé. Je fais répéter ma mère. « Plus de trente morts, peut-être quarante je te dis, c'est une horreur. » Un silence. Elle reprend : « Ce sont surtout des Italiens, et puis il y a aussi deux Français. » Elle répète : « Tu m'entends ? Deux Français… »

Je tremble. Je réalise qu'elle m'a cru mort.

Pierre regarde la toile, ses larmes coulent. Il ne peut pas les réfréner. Des taches blanches pour les façades, le bleu du ciel, une lumière intense, la chaleur du Sud, l'huile sur bois s'intitule *Le Lavandou*. Debout face au tableau, Pierre pleure. Le Lavandou, berceau varois de son idylle passée avec Caroline. Tout est fini. Il a tout cassé.

Il a vite regretté sa décision. Ce n'était pas le couple qui lui pesait, pas davantage la vie de famille, mais la vie tout court. Seul, elle est plus dure à supporter. À peine parti, Pierre a tenté de revenir. En vain. Caroline a refusé.

Alors, seul face au tableau, Pierre rend les armes. Le coup de pinceau de Nicolas de Staël le bouleverse. Il se répète les vers que le poète René Char consacra à son ami : « Nicolas de Staël nous met en chemise et au vent la pierre fracassée. Dans l'avant des couleurs, il la trempe, il la baigne, il l'agite, il la fronce. Les toiles de l'espace lui offrent un orchestre. » Pierre sait tout de ce peintre frénétique, qui œuvre toujours au bord de l'abîme. Il a tout lu, tout vu, et tout compris de ce maître de l'expressionnisme abstrait, émigré dans le sud de la France. Cette passion pour Nicolas de Staël a signé sa conversion à la peinture.

Car Pierre s'est mis à peindre. Le projet le travaillait depuis l'enfance. Dans le jardin de Salaise-sur-Sanne, il voyait sa mère reproduire des paysages. Des heures entières, son chevalet installé sous un chêne, Jeanine laissait courir son pinceau sur la toile. « Regarde, ça te plaît mon Pierrot ? » Sa voix résonne encore. La nature, les arbres, les oiseaux, bien sûr que ça lui plaisait au petit Pierre.

Plus tard, il s'est mis à fréquenter le Louvre, à s'intéresser aux impressionnistes, *Les Nymphéas* de Monet, *Les Tournesols* de van Gogh, puis à l'art contemporain, le centre Beaubourg et la folie de Jackson Pollock. Alors, lorsque son corps l'a lâché définitivement, la peinture a servi de refuge.

Pierre bascule en 2005 et s'y jette à corps perdu, encouragé par une rencontre décisive, celle d'une artiste, Colin Raffer, une vieille dame qui l'initie dans son atelier sur les hauteurs de Giens. À ses côtés, Pierre apprend vite. Il essaye plusieurs techniques : huile, encre, couteau. Pour lui, la peinture est un acte charnel, c'est un corps-à-corps avec de gigantesques toiles. Il apprécie la matière, la couleur, et peint ce qu'il aime regarder. Ou plutôt ce qu'il croit voir, comme ce tableau qu'il intitule *Ground Zero* : on devine une barque qui vogue au fil de l'eau, à ses yeux, ce sont les Twin Towers à la pointe de Manhattan, une certaine idée du néant. Comme toujours, Pierre s'emballe. Séduit par l'œuvre du peintre Zao Wou-Ki, il va même acheter de gros pinceaux à Shangaï, en Chine, le pays qui nourrit ses fantasmes de longue date. Ce recours au gros pinceau chinois devient sa technique favorite car « on ne peut pas revenir dessus, dira-t-il. Ce qui est mis est mis[1] ».

Pierre transforme son appartement de célibataire en atelier. Il s'enferme pour peindre nuit et

1. Ouest-Var.net, 20 février 2010.

jour, même sur les murs, le sol et le plafond. Il recouvre une pièce de grands traits noirs et rouges ponctués de taches jaunes. Lorsque Jean-Baptiste lui rend visite en sortant du lycée, il retrouve son père en transe. La musique à fond, il n'a pas mangé, ne s'est ni couché, ni changé, il a peint toute la nuit, repris des tableaux déjà achevés, tout recommencé à zéro. Pierre n'a plus aucune conscience du temps. Et reste tenaillé, toujours, par la peur indépassable du jugement des autres.

Il s'y refuse longtemps mais finit par céder à la pression de ses fils : début 2010, il accepte d'être exposé. Fiers de leur père, épatés par son talent, Robin et Jean-Baptiste l'encouragent à franchir le pas. Quarante toiles prennent place sur les murs de la maison du Cygne, le centre d'art contemporain de Six-Fours-les-Plages. L'exposition remporte un vrai succès. On admire l'œuvre de cet ancien champion olympique reconverti en artiste. Une revanche sur « tous ces cons » qui le voient seulement comme un vendeur de poulets.

Il travaille toujours au Tourne Broche. Oui, Pierre porte un tablier et plonge les mains dans la graisse sur le parking d'un centre commercial. Et alors ? Sa petite entreprise ne connaît pas la crise, et il est heureux comme ça. Il a embauché deux salariés et cela lui laisse de plus en plus de temps pour peindre, pour vivre. Les clients ne connaissent pas son glorieux passé et ça lui va très bien. Pour les habitués, il n'est pas Quinon, l'ancien médaillé d'or de Los Angeles, mais Pierrot, le gars qui vend des poulets rôtis délicieux à la sortie du Leclerc. Et c'est parfait.

Mais « les cons » ne peuvent pas comprendre. Ils interprètent ce choix de vie comme la déchéance d'un ex-champion olympique en mal de stabilité professionnelle. Pierre en a marre. Marre de ces regards en coin, de ce ton miséricordieux, de ces commentaires apitoyés qu'il surprend de temps à autre sur le marché. « Marre de tous ces cons… », maugrée-t-il devant ses fils.

À fleur de peau, il prend de plein fouet les clichés misérabilistes surgis d'articles médiocres. Naïvement, Pierre a quand même accepté de participer à une émission de télé qui se penche sur la reconversion des anciens grands champions. Il a fait confiance. Il en ressort blessé par un traitement qu'il juge humiliant.

« Quand on a connu l'adrénaline des Jeux olympiques, ça doit être dur de redescendre et de tout recommencer à zéro ? », « Franchement Pierre, à Los Angeles, vous pensiez vendre un jour des poulets sur le parking d'un supermarché ? ». L'animateur se fait mielleux, il appuie là où ça fait mal. Et puis les ennuis s'accumulent. Une partie du Leclerc déménage, Pierre doit hériter d'un nouvel emplacement qui le satisfait moins. Une embrouille avec le gérant du centre commercial, quelques soucis de trésorerie. Le temps se couvre.

La nouvelle est tombée comme ça. D'un coup sec. J'avoue que je ne m'y attendais pas. « Ta mère va retravailler. » C'est mon père qui me l'annonce. Ils ont beau être séparés depuis quatre ans, c'est lui qui m'informe de ses décisions à elle. Elle ne m'en dit rien. Lui aime servir de messager, sans doute pour maintenir un lien ; pour faire comme s'il s'en occupait encore, comme s'il gérait encore le sort de toute une famille. Et puis aussi parce que ma mère n'ose pas parler de son avenir. Elle n'en est pas capable. Quel métier veut-elle exercer ? Elle hésite, doute d'elle-même. Depuis si longtemps.

Lettrée, curieuse, elle était institutrice. Pendant quelques années, elle s'est donc occupée de beaucoup d'enfants. Je n'en ai aucun souvenir. Ma mère s'est arrêtée de travailler quand j'étais tout petit, trois ans à peine. À la naissance de ma sœur. Je ne pense pas que mon père l'y ait incitée. Vraiment pas son genre. Non, je pense qu'elle l'a décidé d'elle-même, pour mieux profiter de ses enfants. Mais ce n'était pas son truc, finalement.

L'ennui l'a rongée. Le provisoire s'est fait définitif. Elle a perdu toute foi en elle-même.

Jusqu'à ce jour où mon père m'annonce cette nouvelle qui me réjouit. En prenant une décision aussi capitale, ma mère fait preuve d'une volonté que je ne lui prêtais plus. Le week-end suivant, quand j'arrive chez elle, je la regarde différemment.

Son choix m'épate. Je n'arrive pas à lui dire. Mais je pense qu'elle le ressent. Elle-même n'y fait qu'à peine allusion, sans s'attarder.

Retravailler, retrouver un poste d'institutrice, cela signifie préparer un concours, se mesurer à des candidats de vingt ans de moins, postuler pour retrouver une école, et enfin être assez solide pour se coltiner une classe entière de gamins du matin au soir.

Autant d'obstacles qui me semblent insurmontables. Comment à son âge, dans son état de faiblesse, pourrait-elle faire preuve d'autant de courage, déployer autant de force ?

Je voudrais y croire mais je n'y crois pas.

Nicolas de Staël a peint toute la nuit du 15 au 16 mars 1955. Cette nuit-là, il a détruit autant de toiles qu'il en a créées. Au matin, l'artiste préféré de Pierre s'est jeté de la terrasse de son immeuble à Antibes. Il avait quarante et un ans.

Dix ans plus tard, le cinéaste Jean-Luc Godard lui a rendu hommage dans la bande-annonce d'un de ses films les plus célèbres, tourné dans le Var, du côté de Toulon et Hyères. On entend la voix d'Anna Karina énoncer d'un ton mélancolique : « C'est un film d'amour, un film d'aventure, la prise de Constantinople, l'histoire du peintre Nicolas de Staël et de son suicide… »

C'est un film qui se conclut par le suicide de Jean-Paul Belmondo, le visage peinturluré de bleu et sanglé d'une ceinture de bâtons de dynamite rouge et jaune.

C'est *Pierrot le Fou.*

Le grand saut

Stéphane avance dans la petite chambre plongée dans la pénombre. S'arrête. Lève les sourcils, intrigué. La petite fenêtre est entièrement grillagée. Il se tourne vers Pierre, allongé sur son lit. L'interroge du regard.

Ce dernier cligne des yeux. Stéphane comprend. Oui, ce grillage est nécessaire. Il sert à protéger Pierre de lui-même. Stéphane prend tout à coup conscience de la profondeur du mal-être de son ami. Il le savait las, épuisé, à bout. Jusque-là, il ne s'était jamais dit que le pire était possible. Pierre a l'air si frêle. Son teint est gris et ses yeux fiévreux. Stéphane esquisse un sourire réconfortant. Il a envie de le prendre dans ses bras. Une infirmière toque à la porte, rompt leur intimité.

C'est Pierre qui a demandé à être interné dans cette clinique varoise spécialisée pour les états dépressifs.

Ma mère aussi l'a voulu. Plus le choix. Elle est trop fatiguée.

L'établissement est situé en région parisienne. Pas de barreaux aux fenêtres, un vaste parc ombragé, un personnel discret et attentionné, et des pensionnaires ordinaires, l'endroit ressemble plus à une résidence de vacances qu'à un hôpital. C'est joli, tranquille, paisible. Mon père s'est voulu rassurant. Ma mère a besoin de calme. C'est l'affaire de quelques jours, une semaine, deux tout au plus. Ici au moins, elle est surveillée. Et puis on s'occupe bien d'elle. Elle va vite remonter la pente. D'ailleurs, quand je lui rends visite, un samedi, tout va bien. On se promène un peu dans le jardin, on se pose sur un banc. Il fait beau, le soleil printanier nous réchauffe. Elle me demande des nouvelles de l'école, je lui parle de mes champions, évidemment. Le dernier but de Platoche, la dernière victoire de Yannick, et puis le triste sort de Pierre, englué dans les blessures.

Je parle beaucoup, ma mère fait mine de suivre. Mais elle décroche vite. Je me dis qu'elle en a un peu marre de mes obsessions sportives, c'est normal. Je m'en veux de la saouler comme ça avec mes histoires. Je ne peux pas m'en empêcher. C'est plus fort que moi. Alors, je me mets à m'intéresser à elle, à lui poser des questions. « C'est bien ici ? Ils sont sympas tes voisins ? Tu manges bien ? » Je l'encourage à prendre son temps pour se retaper. J'ose même lui dire que je l'aime. Cette évidence me brûle souvent les lèvres. Mais je la formule rarement. Là, dans ce contexte, dans cette maison de repos, ça sort tout seul. Elle me sourit tendrement et passe sa main sur ma joue. « Mais moi aussi, je t'aime, mon chéri. » Elle a l'air d'aller bien, mieux qu'à la maison. Mais je perçois un voile de tristesse dans ses yeux. Qu'en sera-t-il lorsqu'elle sortira de la clinique ? Et qu'elle sera rentrée chez elle, seule ? En la quittant, la question me serre le ventre. Cette trêve est si fragile. L'avenir ne semble pas incertain, au contraire, tellement prévisible. J'ai l'impression que nous sommes engagés dans une voie sans issue.

Ce n'est pas la première fois que Pierre est hospitalisé. Quelques années plus tôt, il vivait encore avec Caroline. Robin et Jean-Baptiste étaient encore petits. Il avait passé un premier séjour dans un service de psychiatrie. À son retour à la maison, Caroline et lui avaient choisi de mentir aux deux fistons. « M'man, pourquoi il était à l'hôpital, Papa ? », « Qu'est-ce qu'il a comme maladie ? C'est grave ? ». Caroline s'était faite apaisante. « C'est bon, ne vous inquiétez pas les garçons, Papa est guéri. Mais ne l'approchez pas de trop près, pas de bisou, il est peut-être encore contagieux… »

Un gros rhume, une bonne grippe ? Trop jeunes, les deux enfants n'ont pas compris. Leur mère a voulu les protéger, Pierre s'est volontiers prêté au jeu. Longtemps, lui-même n'a pas bien su ce qui lui arrivait. Il peinait à identifier l'étrange sentiment qui le dévore de l'intérieur. Comme un déséquilibre, presque imperceptible.

Et puis, avec le temps, Pierre a commencé à reconnaître les prémices des coups de vent. À quelques signes, il anticipe le retour de ses tourments. Les questions qui surgissent, le voile qui s'abat sur ses yeux, la respiration plus incertaine. Comme une sorte de ressac, de repli sur soi, avant l'énorme vague noire qui finit par le submerger. Comme un grand coup de pinceau de Nicolas de Staël.

Alors, souvent, quand la tempête intérieure se lève, Pierre appelle William, son copain décathlonien, celui qu'il connaît depuis ses premières compét' de jeunesse, autant dire depuis toujours… « Je me sens pas bien, tu peux venir ? » Au son de sa voix, William mesure l'urgence. Il vit à Antibes et saute dans sa voiture. Cent trente kilomètres à peine, moins d'une heure vingt par l'autoroute, et le voilà à Hyères, au chevet de son pote. Prêt à passer une, deux ou trois nuits avec Pierre, à l'écouter refaire le monde, refaire son monde autour d'une bonne bouteille. En confiance, Pierre se montre intarissable. La vie sans Caroline, les garçons qui grandissent, les soucis d'argent et le devenir du Tourne Broche, bref, un irrépressible sentiment de gâchis. « J'ai fait du mal autour de moi, je ne voulais pas, mais je l'ai fait. Je m'en voudrai toute ma vie… » La culpabilité le submerge, il laisse libre cours à ses angoisses. Il parle, parle, de tout, de rien. « Toi au moins, tu ne me juges pas… » Jamais.

William l'écoute, c'est tout. William est là, quand il faut. Stéphane et Odile aussi. Pierre aime s'inviter chez eux, sur les hauteurs de Vence. « Ça me fait du bien de venir vous voir, ça m'aide à vivre…

— Pierre, tu es chez toi, tu es toujours le bienvenu », répond Stéphane.

Depuis quelque temps, Pierre tient toujours un petit caillou dans la main droite. Le manège intrigue.

« C'est pour l'ancrage », dit-il. Stéphane s'étonne. « Toi, tu n'en as pas besoin Stéph'. Tu as de la chance, toi, tu es ancré…

— Ancré ? »

Qu'est-ce que ça peut bien vouloir dire ?

Pierre est un peu mystique. Il croit à l'importance des forces telluriques, à l'harmonie du cosmos, qui apaise son désordre intérieur. Il cherche sa place et pour lui, serrer cette pierre, c'est s'accepter tel qu'il est, supporter le présent. C'est aussi puiser de l'énergie et se reconnecter à la terre. L'homme qui aimait voler a besoin d'être lesté, arrimé au sol.

Pierre ne croit pas au hasard. Il n'y a pas de place pour les coïncidences. Tout est écrit, prévu. Inéluctable. Alors pourquoi l'accident de Stéphane ? Comment tolérer une telle injustice ? L'accident s'est produit un matin de janvier 2011. Une descente à vélo un peu abrupte dans l'arrière-pays niçois, un coup de fatigue, un écart et Stéphane heurte de plein fouet dans un virage une voiture qui arrive en sens inverse. À plus de 50 km/h, le choc est terrible. Il le laisse inconscient, le visage en sang sur le bitume. Stéphane est transporté à l'hôpital à Nice, Pierre accourt aussitôt. Il hurle, pleure, crie, il est secoué de spasmes. Les infirmiers doivent s'y mettre à trois pour le maîtriser. Puis Pierre s'effondre. Prostré, il passe de longues heures à son chevet. Stéphane va mourir, il en est convaincu. Pourquoi lui ? Comment un homme aussi jeune, aussi sage, aussi « ancré » pourrait-il partir avant lui ? Muré dans le silence, Pierre rumine sur le malheur de son ami. La vie peut donc s'arrêter comme ça, sur un coup du sort. S'il le pouvait, il prendrait sa place, il se sacrifierait, offrirait sa vie pour que Stéphane sauve la sienne. D'ailleurs, si Stéphane meurt, il mourra lui aussi. Sa résolution est prise.

Mais Stéphane s'en sort. Il fait preuve d'un courage héroïque. La chirurgie lui redonne un visage. Et la vie reprend.

La mienne s'assombrit. Ce week-end-là, ça ne se passe pas bien. Pour une fois, c'est moi qui vais seul chez ma mère. Ma petite sœur est invitée à l'anniversaire d'une copine à la campagne. À peine arrivé, je comprends. Lorsqu'elle m'ouvre la porte, ma mère n'est pas en forme. Un rictus figé, pas un mot, elle s'appuie d'une main au mur et retourne vers la cuisine. Je file déposer mes affaires dans ma chambre. Je n'ai pas envie d'en ressortir. Je me redonne un peu de courage en farfouillant dans mes journaux de foot. Je me récite quelques palmarès, je passe en revue les derniers résultats de Saint-Étienne. C'est dingue le nombre de buts que les Verts marquent cette saison ! Et puis c'est là, alors que je ne m'y attends pas, que je découvre la bonne surprise. Au pied de mon lit, sur ma table de chevet, ma mère a déposé dix pochettes de vignettes Panini !

Je ne pouvais rêver plus beau cadeau… D'un coup, ma morosité se dissipe, je suis fou de joie. Je sors mon album de mon sac et je déchire fébrilement les pochettes. J'ai déjà la plupart des joueurs. Bon, ça me fera encore plein de doubles à échanger à la récré. C'est déjà ça. Il faut dire qu'il ne m'en manque plus beaucoup pour compléter mon album. Dans l'équipe de Saint-Étienne, c'est simple, un seul fait encore défaut, Platini, évidemment ! Je soupçonne les marchands d'ouvrir les pochettes avec de la vapeur, d'en retirer les vignettes de mon numéro 10 préféré, puis de les refermer soigneusement sans laisser de traces, un peu comme des agents secrets. Comme ça, tant qu'ils n'ont pas la photo de Platini, les gamins continuent de tanner leurs parents pour se faire offrir des pochettes… Moi, il ne m'en reste plus qu'une dernière à ouvrir. Trois, deux, ah…, voici la dernière vignette du paquet. Pour faire durer le suspense, je la cache avec la paume de ma main et je baisse peu à peu les doigts pour la découvrir de haut en bas. Lentement, très lentement. Un sigle vert ASSE, une tignasse brune, une lettre M, puis un I, un C, H, E, L… Platoche ! C'est lui ! Le Graal ! Yeaaaahhhh ! Je sors de ma chambre en hurlant de joie. Je veux remercier ma mère du fond du cœur, la serrer dans mes bras. Je la cherche dans la cuisine, je la retrouve affalée dans un fauteuil du salon. Elle entrouvre les yeux, me regarde sans comprendre. Alors je m'énerve. Pour la première fois. Cela ne m'était jamais arrivé. J'explose. Exaspéré de la voir aussi amorphe, je balance une insulte. Une fois. Deux. Trois. Elle me regarde, étonnée. J'aimerais qu'elle réagisse, qu'elle me réponde, se mette en colère. Rien. Une moue désabusée, un geste de la main, elle se lève difficilement du fauteuil et s'en va vers la cuisine. Je cours dans la chambre, m'effondre sur mon lit. Et je pleure. J'ai insulté ma mère.

Le lendemain, j'écourte mon séjour. Je prétexte l'oubli de mon livre de maths pour rentrer plus tôt afin de finir mes devoirs chez mon père. Dans la rue, je respire à pleins poumons. Je marche vite.

J'arrive chez mon père. Il n'est pas là. Il a profité de notre absence à ma sœur et moi pour partir en week-end. Où ? Avec qui ? Pour combien de temps ? Je n'en sais rien. Il est incorrigible. Il a bien le droit, mais il pourrait prévenir quand même.

Au début de l'été, Pierre va mieux. Il renoue même avec le monde de l'athlétisme l'espace d'une expédition qui le met en joie. Le voilà qui embarque avec une délégation de la Fédération française pour Sacramento. Il s'agit d'aller plaider aux États-Unis la cause de Lyon pour que la capitale des Gaules obtienne l'organisation des Championnats du monde vétérans d'athlétisme. Ce sont les anciens de son club du Péage-de-Roussillon qui l'ont convaincu de se mouiller. Pierre a accepté sa mission d'ambassadeur de cette compétition programmée quatre ans plus tard. Retourner en Californie pour y vanter les mérites de son club de jeunesse, là où il a débuté la perche, là où tout a commencé. Monter à la tribune pour déployer devant un parterre d'officiels son inaltérable passion pour « l'athlé ». Pierre trouve les mots justes, son discours porte, Lyon l'emporte. Façon de boucler la boucle. Sur la photo de l'événement, un sourire angélique lui barre le visage. Le dernier cliché où on le sent heureux. Quelques jours plus tard, de retour en France, le voilà à Vence pour fêter les quarante-deux ans de son ami Stéphane. En six mois à peine et déjà trois opérations, celui-ci a merveilleusement récupéré.

Un vrai miracle. Jean Galfione, William Motti et bien d'autres, tous les copains sont là pour fêter le ressuscité. Tous ensemble, ses amis ont décidé d'offrir à Stéphane une toile de Pierre.

Au moment de déballer le cadeau, le silence se fait. L'assistance retient son souffle. La toile est gigantesque et prend aux tripes. Stéphane est émerveillé. Il y a du rouge, du jaune, du noir, de grands traits épais et des formes qui se chevauchent. Un tourbillon de couleurs qui fascine et une énergie folle, Pierre a peint pendant trois nuits consécutives. Chacun y va de son interprétation. Stéphane croit percevoir comme un hommage à l'Espagne et à la tauromachie avec un œil, une tête de taureau, une lance. À moins que ce ne soit une perche ? Chacun cherche ce que Pierre a voulu dire.

Assis sur un canapé un peu à l'écart, l'artiste observe la scène, sourire en coin. Lui qui a si peur du jugement des autres, il ne supporte guère que le regard de ce premier cercle. Ses amis savent que Pierre a peint cette toile avec tout son cœur.

Lui pressent qu'il y a mis ses dernières forces.

Je n'aime pas la sonnerie du téléphone. Le bruit me stresse. Je le trouve oppressant, désagréable. Quand je décroche, j'ai souvent une petite boule au ventre, comme un mauvais pressentiment. C'est idiot. En général, c'est un copain qui me propose d'aller jouer au foot ou une copine de ma sœur qui l'invite à un anniversaire. Parfois un ami de mon père qui le cherche, mais enfin, jamais rien de grave.

Je ne comprends pas pourquoi je n'aime pas le téléphone. Il faut dire qu'il retentit parfois au beau milieu de la nuit. Dring, dring, dring… Quand mon père est là, il met un temps interminable avant de répondre. Dring, dring, dring… On dirait qu'il attend que tout le monde soit réveillé. Je m'enfonce sous mes couvertures et j'attends. Je soupire d'aise quand enfin, cela s'arrête.

Et quand mon père n'est pas là, ce qui arrive assez souvent, c'est moi qui réponds. Je déteste quand il n'y a personne au bout du fil. Parfois, un souffle court, une respiration un peu lourde, deux ou trois secondes d'attente, et puis plus rien. La personne raccroche. Qui peut bien s'amuser à faire ça ? Aucune idée. Des gamins ? Je dois reconnaître qu'avec des copains, il m'arrive de faire des blagues au téléphone. Mais on ne fait pas ce genre de truc. En général, on balance une bêtise avant de raccrocher. « Allô monsieur Lafuite ? Allez vérifier dans la salle de bains, la baignoire déborde… » Et puis surtout, on n'appelle pas au milieu de la nuit. Alors qui ? Une connaissance ? Quelqu'un qui en veut à mon père ? Non, vraiment, je ne vois pas qui peut trouver ça drôle. J'ai bien une crainte. Mais je suis sûr de me tromper.

« Pierre m'inquiète », « Pierre me fait peur », « Pierre va faire une connerie… ». Ils le redoutent, le plus souvent sans oser le dire. Mais ils se passent parfois le mot. S'échangent des nouvelles. « Tu l'as vu récemment ? Comment est-il ? » S'alertent les uns les autres. « Pierre n'est pas en forme, il broie du noir. » Se rassurent. « Je l'ai vu hier, on a mangé ensemble, il va mieux, je t'assure… » Les proches, la famille, les amis, beaucoup se soucient de l'état de santé de Pierre, tous veillent sur lui à tour de rôle. Il y a William, le copain de jeunesse et ex-décathlonien ; Stéphane et Odile, omniprésents, toujours aux aguets ; ou encore Ludivine, l'aide-soignante qui s'occupe de lui et qui est devenue son amie.

Et puis il y en a d'autres, qui craignent le pire sans y croire vraiment. Il faut dire que l'humeur de Pierre est tellement changeante. Un jour au fond du trou, le lendemain épanoui. Comme ce jour de début août où il retrouve les copains sur une plage de Cagnes-sur-Mer. C'est une petite manifestation organisée par Stéphane et Odile Diagana pour promouvoir le handisport. Il y a là des jeunes, quelques notables du coin, une poignée de vacanciers, et une tripotée d'anciens champions venus faire des démonstrations de tennis en fauteuil, de hockey ou de roller. William est là, comme toujours. Stéphane le prévient : « J'ai invité Pierre pour qu'il ne reste pas seul. Il ne va pas bien… » Quand il débarque, les deux amis s'inquiètent. C'est le Pierrot des mauvais jours, la mine froissée, les yeux gonflés, l'air taciturne.

Vingt minutes plus tard, la métamorphose est spectaculaire. Ce n'est plus le même homme. Ce n'est plus un homme d'ailleurs, c'est un enfant, radieux. Raquette en main, Pierrot s'éclate. Il s'amuse comme un gosse, fait des blagues, rit aux éclats. Stéphane et William l'observent. « Tu as vu comme il est bien Pierrot ?

— Putain, ça fait du bien de le voir comme ça… » Dans son cocon, tout s'allège, il revit.

De retour chez lui, la vie pèse des tonnes, la rechute est brutale. Ce 17 août, Pierre va plus mal encore. Il a mis de la musique mais le bruit l'épuise. Il se sent vidé, pas de souffle, plus d'envie. Prostré dans un fauteuil, il a pleuré une partie de la journée. Il se sent coupable d'être une charge pour les autres. Il s'accuse d'avoir fait du mal autour de lui.

En fin de matinée, Pierre a bien essayé de peindre. En vain, pas l'énergie. Un copain l'a invité à déjeuner pour lui changer les idées. Au soleil, il a retrouvé quelques couleurs. En fin de journée, son amie a accouru chez lui pour lui tenir compagnie. Pierre s'est apaisé.

Mais pour trouver le sommeil, il a besoin de voir le ciel. Alors, il s'isole un instant sur la terrasse de son appartement. Il est près de 22 heures. Pierre regarde au loin. Il observe les étoiles, croit entendre des oiseaux. Quand on y pense, c'est fou comme un balcon ressemble à un pont en pierre blanche hérité du Moyen Âge. Le temps est clair. La brise légère et régulière. Elle souffle dans son dos, lui caresse la nuque. Des conditions parfaites pour voler.

Alors Pierre se jette dans le vide. Un peu plus de cinq mètres. Sans perche.

Sur son épaule dénudée, on voit une cicatrice et les traces d'un tatouage.

Ce soir-là, il est déjà tard et le téléphone sonne encore. Ça ne s'arrêtera donc jamais. Deux sonneries, trois, quatre. Je suis sur le point de m'endormir. Je ne bouge pas. Demain matin, j'ai école tôt. Le mardi, c'est maths à 8 heures… Pfff… Je déteste me lever tôt, surtout pour subir un cours de maths. J'attends. Je compte dans ma tête. Cinq, six, sept sonneries. Bon, ça sonne toujours, visiblement mon père n'est pas là. Ma sœur et moi, nous avons dîné juste tous les deux, des super raviolis avec du gruyère râpé, et il ne doit pas encore être rentré. Tant pis, à la dixième sonnerie, promis, je me lève et je vais répondre.

Huit, neuf. Tiens, c'est fini. Je tends l'oreille. Oui, c'est bien ça, c'est fini, plus un bruit. Ouf… Il suffisait d'attendre. J'ai eu raison de ne pas bouger. Ça s'est arrêté tout seul. Je jette un coup d'œil au poster de Pierre. Je me retourne sous ma couette. Je vais penser à lui, compter ses foulées sur le sautoir, ça va m'aider à me rendormir. Une, deux, trois…

Tout à coup, un hurlement déchire le silence. La voix de ma petite sœur. Elle hurle mon prénom. Une fois, deux fois. Je me lève d'un bond. Je me précipite au salon. Elle tient le téléphone. C'est pour ça qu'il ne sonnait plus. C'est elle qui a répondu.

Elle est blême, le visage défait. Elle me tend le combiné. J'ai compris.

Au bout du fil, une voix m'annonce ce que je sais déjà. Le ton est attentionné, professionnel. Quelques mots, « inanimée », « seule », « salle de bains ». Et un dernier, le mot de la fin : « décédée ».

Un accident, sans doute. Pas de précisions, pas d'explication. Et puis une question : « Et ton père ?

— Pas là, je ne sais pas où il est, je vais m'occuper de le prévenir… »

Je raccroche. Ma sœur pleure, moi pas. Je la prends dans mes bras. Mon cœur s'emballe, mes tempes bourdonnent, ma gorge me serre. Mais pas une larme. Je suis ailleurs, comme spectateur d'un film dont je pressentais l'issue. Coupable, forcément, puisque je n'ai pas pu l'éviter.

Je reprends le téléphone et compose un numéro. Celui du bureau de mon père. Il est très tard, mais il y est sûrement puisqu'il travaille tout le temps.

Le téléphone sonne dans le vide. Dix, quinze, vingt fois. Personne. Je raccroche et recommence. Même numéro. Une fois, deux, trois. Où est-il ? Introuvable.

Je me dis que j'ai échoué. Je n'ai pas réussi à éduquer mes parents.

Maintenant, il va falloir faire le grand saut.

Remerciements

Se plonger dans l'existence d'un autre, raconter sa carrière de champion et sa vie d'homme, ses joies et ses peines, n'est pas un exercice facile. Poser sur ce destin hors du commun le regard forcément subjectif d'un enfant qui admirait ce héros l'est encore moins.

Je tiens à exprimer ma profonde gratitude aux deux fils de Pierre, Robin et Jean-Baptiste Quinon, pour leur accueil et la générosité avec laquelle ils ont accepté de partager leurs souvenirs, lumineux et sombres. Leur témoignage empreint d'amour, de fidélité et de lucidité m'a été d'un grand secours pour tenter d'approcher au plus près la vraie nature de cet être entier qu'était leur père.

Je suis également très reconnaissant à deux de ses plus proches amis qui m'ont raconté « leur » Pierre avec tendresse. Stéphane Diagana, l'ancien champion du monde du 400 mètres haies, personnage sage et rassurant auprès duquel Pierre aimait à rechercher un peu de paix, et William Motti, l'ex-décathlonien, ami de jeunesse et compagnon resté fidèle jusqu'au bout, et même au-delà.

Merci également à Thomas Fanari, Hélène Barbiero et aux équipes du musée national du Sport de Nice qui ont eu la gentillesse de m'ouvrir d'abondantes archives pour me replonger dans la carrière de Pierre.

Je dois également remercier très sincèrement mon éditrice, Clara Dupont-Monod. Elle a cru dès le début dans ce projet, et elle a su le guider et l'orienter pour qu'une simple intuition originelle finisse par prendre corps. Sans sa confiance, son soutien de chaque instant, et ses précieux conseils, ce livre n'aurait pas vu le jour.

Enfin, des remerciements bien particuliers à mes proches, Bérénice, Johanne, Garance et Maximilien, qui supportent, en première ligne, depuis maintenant un certain nombre d'années, avec patience et grandeur d'âme, mes passions, mes failles et mes souvenirs.

Table des matières

Cet ouvrage a été composé par PCA

Imprimé en France par
CPI BRODARD & TAUPIN (72200 La Flèche)
en juin 2021

pour le compte des Éditions J.-C. LATTÈS
17, rue jacob – 75006 Paris

PAPIER À BASE DE FIBRES CERTIFIÉES

JC Lattès s'engage pour l'environnement en réduisant l'empreinte carbone de ses livres. Celle de cet exemplaire est de : 450 g éq. CO_2
Rendez-vous sur www.jclattes-durable.fr

N° d'édition : 01 – N° d'impression : 3044199
Dépôt légal : août 2021